鬼神様は過保護
～恋する生贄花嫁～

Kaho Matsuyuki
松幸かほ

CHARADE BUNKO

Illustration

北沢きょう

CONTENTS

1

その人を初めて見た時、瀬野晴輝《せのはるき》は自分がテレビか何かの世界に入り込んだような錯覚を覚えた。

白銀の長い髪、柘榴《ざくろ》のような赤い目、そして頭にある、二本の角。

その人は、鬼だった。

とても、とても綺麗《きれい》な、鬼だった。

◇◆◇

晴輝の母親が事故でこの世を去ったのは、晴輝が五歳を迎える前だった。

激務をこなす父親一人で、晴輝と、晴輝の四歳違いの姉、六歳違いの兄を含めた三人の子供の世話をすることは難しく、父方の祖父母の許にみんな預けられることになった。

父の実家があるのは、文字通りの田舎と言って差し支えのない、山奥の集落だ。かつては林業で栄えた時期もあるが、今はその頃のにぎわいはすっかり鳴りを潜めている。

その集落の一番山手に、集落を取り仕切る——昔で言うなら領主だった木藤《きとう》家の屋敷があった。

広大な敷地を有し、その敷地の周囲は白漆喰《しろしっくい》の塀で覆われ、昔からその敷地内に立ち入ることができるのは限られた者だけであり、招かれること自体がステイタスともされる家だった。

その木藤家は、数年前から年に一度、五月五日のこどもの日に、集落の七歳以下の子供を邸内に招き入れて食事をさせたり遊ばせたりするようになっていた。

祖父母の家に引き取られてきて半年が過ぎていた晴輝は五歳になっていたが、七歳以下という基準に当てはまったので、木藤家の屋敷に来ていた。

その屋敷は時代劇に出てくるような、古いが大きくて豪華な屋敷だった。

おいしいお昼ご飯が出され、庭には木藤家の跡取り息子のために作られたという公園にあるのと同じ遊具があり、鯉《こい》が泳ぐ池もある。

そして、この日のために招かれた大道芸の演者が様々な芸を披露してくれて——楽しく過ごして、帰りにはお菓子のお土産まで持たされて、ご満悦で祖父母の家に戻ってきた。

木藤家の当主が瀬野家を訪れたのは、その夜のことだった。

晴輝が兄姉と土産にもらったお菓子を分けていた時にやって来て――その日は、普段は単身で会社近くに暮らしている父親も、連休で家にいた――祖父母と父親を交えて座敷で話をしていた。

三十分ほどした頃、祖母が晴輝を座敷へと呼びに来た。

「晴輝くん、こんばんは」

昼間、木藤の屋敷で会ったばかりの当主は、人の好《よ》さそうな笑顔で晴輝に挨拶《あいさつ》をしてきた。

「きとうのおじさん、こんばんは」

晴輝も礼儀正しく挨拶をして、祖母に促されるまま、父親の隣にちょこんと正座をした。

「今日は遊びに来てくれてありがとう。楽しかったかな?」

「うん！　ごはんもすごくおいしかった！　あと、おみやげありがとう。おにいちゃんとおねえちゃんと、いっしょにたべて、のこったのはわけたの」

にこにこしながら言う晴輝に、木藤は目を細める。

「そうか、それはよかった。晴輝くん、今日、うちに来てもらったのは、なんのためだったか聞いてるかな?」

「えっとね、なんかね、あそびにいって、なにかにえらばれたら、きとうのおじさんちにすむんでしょう?」

祖父母からもっと難しい説明をされたような気がするが、五歳児の理解はそんなものだ。

「一応、話はしてくれていたみたいだね」

木藤が晴輝の父と祖父母に視線をやるが、三人の顔は一様に強張《こわば》っていた。

「晴輝くん、君が『贄《にえ》』に選ばれたんだ。おじさんの家に来てくれるかな」

木藤がもう一度晴輝に視線を戻して言う。

晴輝は父親を見上げた。

「おとーさん、ぼく、おじさんのおうちいくの？」

きょとんとした顔で晴輝は問う。

「……木藤さん、今夜すぐにということでしょうか」

父親は晴輝の言葉に答えず、木藤を見て言った。

「まさか、そんなすぐに引き離すようなことはしないよ。こちらも、準備があるからね。だが、選ばれた以上、反故《ほご》にすることはできない、遅くとも月末までにはこちらに来てもらいたい」

「晴輝に嚙み砕いて説明をします」

父親の言葉に木藤は頷《うなず》くと帰っていった。

木藤家は集落の領主であると同時に、山にある鬼を祀《まつ》った神社の祭主もしていて、代々鬼に「贄」を捧げてきた家である。

その贄を捧げることで、木藤家だけではなく神社の氏子《うじこ》である集落のすべての住民を守っているのだと。

その鬼の恩恵か、この集落は時流による過疎化はあれど、大きな災害に見舞われることもなく、住民たちは穏やかに暮らしていた。

ただ、木藤家はこの百年ほどで分家がすべて絶えてしまっていた。

これまで贄を輩出してきたのはすべて木藤の本家か、分家だった。

そして数年前、前任の贄が寿命を迎えた。

木藤の家には跡取りとなる息子が一人しかおらず、その息子を贄とすることはできない。

そのため神社の氏子たちを交えての話し合いの結果、氏子たちの家から贄を出すことになった。

もちろん、強制ではない。

贄として出してもいいという家があれば、というものだったし、何より前任の贄が百歳近い大往生だったこともあり、贄という言葉から連想されるような凄惨《せいさん》なイメージのものではないことも理解されていた。

「長く仕《つか》えてもらうことを考えて、子供のうちから『贄』となってもらいたい。七歳までは神の内、という言葉もあるように、七歳以下の子供を」

これまでの贄は木藤家の奥屋敷に置かれ、外界との接触を断たれてきた。

先代の贄も幼いうちに捧げられて以降は、学校にも通うことなく、ずっと奥屋敷で暮らし、神社の神事・祭事の時にだけ外に出たが、その姿は拝殿のさらに奥、神殿に置かれて姿を見られることはなかった。

ただ、この時代、学校にも通わせないというのは虐待にあたるため、生活の場は木藤家に移すが学校にはきちんと通わせることが約束された。

それと同時に贄を出した家は、木藤家から金銭的補償も受けられることが決まっていて、もともと、木藤家を中心に纏まっていた集落の多くの家から候補となる子供が年に一度、木藤家に集められた。

それが五月五日のこどもの日である。

しかし数年、誰も選ばれることはなく、晴輝の父親も祖父母も「まさかうちの子が選ばれるなんてことはないだろう」と高《たか》を括《くく》っていたのだ。

が、まさかの選出である。

「悪い話じゃないと思うが……」

その夜、晴輝の父親と祖父母は遅くまで話し合った。

ここで生まれ育った父親も木藤家の贄の話は知っていた。

ただ贄と言っても、恐らくは神社に仕える「巫女」のようなものだろう。それに従事させるために精進潔斎《しょうじんけっさい》などもろもろのことがあるので、木藤家に留め置きたいのだろうというように父親も祖父母も理解していた。

いや、集落の氏子全員がそう思っているだろう。

それに、話し合ったところで「決まったこと」ではあるのだが、自分たちがどう納得するか、そして晴輝をどう納得させるか、が問題だったのだ。

翌日、父親は晴輝に、もろもろのことを説明した。

これから晴輝は木藤の家で暮らすことになること。多分、大事なお仕事を任されること。木藤の家で暮らすことになっても、晴輝は父親の大事な子供であることに変わりないし、祖父母も兄と姉も変わらず晴輝の祖父母であり兄姉であることなどだ。

それを聞いた晴輝がどんな反応をするのか不安だったが、晴輝は思った以上にあっさりしていた。

「きとうのおじちゃんのとこへいったら、まいにちブランコであそんでもいい？」

「ブランコ？」

「おにわにあるの。あと、こいにえさもあげたい」

木藤家に遊びに行った時、餌《えさ》はもうあげてしまったから、と餌をあげることができなかったのだ。

「それは、木藤のおじさんにお願いしてみなさい」

「わかった！　じゃあ、ぼく、おじさんとこいく」

あっさり返事をされて、父親は余計に心配になった。

五歳児の短絡的な理解は現実との間に、当然のことながらかなりの差があるからだ。

とはいえ、ここで晴輝がどう言おうと贅として選ばれたことを反故にはできない。もちろん、法的措置を取ることは可能だと思う。

だが、そうすれば祖父母がここで暮らすことは難しいだろう。

狭いコミュニティーの中で怖いのは、何よりも人の目だ。

特に何世代にもわたってこの土地に暮らしていれば、不文律のようなものがある。

そのため、とりあえず晴輝を木藤家に預け、晴輝があまりにも帰りたがったりすればその時に策を考えよう、というのが昨夜、父親と祖父母が出した答えだった。

こうして、晴輝は翌週、木藤家に預けられることになった。

◇◆◇

晴輝は木藤家に着いてすぐ、お風呂に入れられた。

頭の先から足の先までそれこそ丁寧に洗われて、お風呂から出ると新品の下着に新品の服を着せられた。

そして連れていかれたのは、木藤家の表屋敷、いわゆる母屋《おもや》の廊下から、鍵のかかった引き戸の奥にある奥屋敷と呼ばれる場所だ。

真ん中にそれぞれの季節ごとに愛《め》でられる草木が植えられた美しい中庭があり、それをぐるりと囲むようにある豪華な設《しつら》えの屋敷が奥屋敷だ。

屋敷の、一番手前にある一室に晴輝は木藤と共に入った。

下座に位置する場所に正座をすると、木藤はここで待っていなさい、と言って一度部屋を出た。

部屋の中は床《とこ》の間《ま》と、ちょっとした飾りものを置く棚がある以外は何もなく、晴輝の座っている場所と向かい合うようにもう一つ、座布団が敷かれていた。

それで晴輝は木藤が誰かを呼びに行ったんだな、と察した。

少しすると木藤が戻ってきたが一人だった。木藤は、晴輝の隣に座ると、

「頭を下げなさい。おじさんがいいと言うまで頭を下げたままにしているんだよ」

そう声をかけてきて晴輝は言われた通り頭を下げる。

隣の木藤も同じようにそうしていた。

それから間もなく、廊下から誰かが入ってくる気配がした。そして、向かい側の座布団に座《ざ》したのがわかった。

「慶月《けいげつ》様、新しき『贄』をお連れ致しました」

「わかった。頭を上げろ」

木藤の声に答えた声は、木藤よりは若い男のものではあるが、落ち着いていて静かだが凛《りん》とした響きだった。

木藤がそれに答えるように、

「晴輝くん、頭を上げていいよ」

言いながら頭を上げる。それに続いて晴輝は頭を上げ、前に座す男を見て、目を見開いた。

流れるような白銀の髪、日に焼いたことがなさそうな白い肌。それとは対照的に柘榴のような深く赤い瞳は涼やかだった。

そして晴輝がこれまでの人生で――たった五年だが――テレビなどに出ている人たちまで入れたとしても、見たことがないくらいに圧倒的に綺麗な人だった。

いや、人ではないのだろう。

なぜなら頭には十五センチ程度の立派な二本の角がある。

見開いた目で晴輝はじっと目の前の、角のある男を凝視した後、

「かっこいい……」

呟《つぶや》くと、興奮した様子で木藤を見た。

「おじさん、つのがあるよ！　あのおにいさん、つのがある！　すごい！」

「晴輝くん、シー、静かに」

木藤は慌《あわ》てて口の前に人差し指を立て、晴輝を大人しくさせる。

それに晴輝は急いで座り直すが、もう、目は角に釘付けだ。

「晴輝くん、お名前を慶月様に」

木藤が言う。「けいげつ」というのは、目の前の男の名前だろう。

「せおはるきです。ごさいです」

にこにこしながら名乗る。

それに男は明らかに戸惑った様子を見せた。

「慶月だ」

「晴輝くん。これから晴輝くんはここで慶月様と一緒に暮らすんだよ」

「おにいさんが、ずっといっしょ？」

「そうだよ」

「じゃあ、つの、さわっていい？　さわりたい！」

興味全開の晴輝に木藤はちらりと慶月を見る。

慶月も、かなり戸惑っていた。

慶月は千年近く、この木藤家を守ってきた鬼神《おにがみ》だった。

贄を捧げることで木藤家を繁栄させ、そして集落を守ってきたのである。

その慶月が、木藤が初めて見る顔をしていた。

木藤も慶月とは長く接してきたが、あまり感情が顔に出ない、というのが木藤の認識だ。見たことがあるのは「薄く微笑む」「やや不愉快」その程度だ。

だが、明らかに慶月は晴輝を見て戸惑っている。

「慶月様……もし贄に不備がございましたら、此度《こたび》の選出を取りやめ……」

「それには及ばぬ」

木藤の言葉を遮るように短く慶月は言った。そして視線を晴輝へと向ける。

「晴輝、こちらへ」

慶月に声をかけられ、晴輝は木藤を見た。その木藤が「行きなさい」と言うのを待って、晴輝は立ち上がると慶月の側に行った。

晴輝の目はまだ角に釘付けである。

「角には後で触らせてやる」

慶月はそう言うと立ち、それから晴輝を抱き上げた。近くで見た慶月の口元には牙があるのも見えてそれも格好よかった。

「『贄』確かにもらい受けた」

木藤に言って、慶月は晴輝を連れて座敷を出た。抱き上げられた晴輝はその視界が父親に抱き上げられた時よりも高いのに気付いて、わくわくした。

きっと、肩車をしてもらっても、父親にしてもらうよりももっと高いのだろう、と。


「すごい、ほんとうにつのだ！」

小さな手で角に触れて嬉しげにしている新しい「贄」に、奥の部屋に戻ってきた慶月は戸惑っていた。

これまで贄として捧げられてきた者たちはみな、慶月の異形《いぎょう》の姿に戸惑ったし、その異形の姿から察することのできる「人ならぬ者」への畏怖を抱いていた。

だが、この新しい贄はまったく臆するところがない。

同じ年頃の贄を迎えた時は、泣くか、顔面蒼白で固まって動けなくなるかのどちらかしかなく、こんな風に、にこにことしている贄などいなかった。

そんな贄——晴輝、という名前らしい——に戸惑ってはいるが、嫌ではなかった。

むしろ好ましい。

先代の贄が死んでから、次代の贄を決めるため年に一度、木藤家に子供が集められた。

とはいえ、過疎の集落では子供の数はさほど多くなく、顔ぶれも、七歳を越えて抜ける子供はいても新たに入ってくる子供はいなかった。

慶月は集まる子供を水晶玉を通して見ていたが、これ、と思う者はいなかった。だが贄を捧げられることで、木藤家を繁栄させ集落を守るという約定を交わしているため、贄を選ぶ必要があった。

思う者がいないならいないなりに、及第点と思える子供を選ぶしかないと思っていた時、新たにやって来たのが晴輝だった。

他のどの子供より飛び抜けて生命力が強く、輝いて見えた。

真っすぐで明るい魂は好ましく――それで、晴輝を選んだのだ。

そしてやって来た晴輝は、慶月の姿を見た時、やはり目を見開いて固まったように見えた。

この後泣くのだろうか、と何度か経験した流れを思い描いた慶月の耳に入ってきたのは、『かっこいい……。おじさん、つのがあるよ！　あのおにいさん、つのがある！　すごい！』

だった。

そして今、こうして角を存分に触っている。

「晴輝」

「なに？」

声をかけると晴輝は目を輝かせて慶月を見る。

「少し座れ。話がある」

そう言うと、晴輝は素直に慶月の前にちょこんと座った。

「おまえは、俺が怖くないのか」

「なんで?」

まさか、そう返されるとは思っていなかった。

「俺は鬼だ」

そう言うと、晴輝は目を瞠《みは》った。「鬼」という言葉は、無邪気な子供には——いや子供だからこそ衝撃的だろう。

昔から鬼と言えば忌《い》み嫌われる存在だ。

特に昔話をよく聞く年齢であれば「恐ろしい」と思うものだからだ。しかし、

「だから、つのがあるんだ!」

晴輝は「納得」といった様子で返してきた。

「おまえは鬼が怖くないのか?」

問う慶月に、

「やさしいおにさんもいるでしょ? 『ないたあかおに』のおにさんは、あかいおにさんも、あおいおにさんも、どっちもやさしいよ。おにいさんは、きとうのおじさんのおうちのおにさんだから、やさしいおにさんだとおもう」

晴輝は言った。

もしかしたら、晴輝は少し頭の足りない子供なのかもしれないと思っていたが、彼なりにちゃんとした理論があるらしいのがその言葉でわかった。

「そうか、優しい鬼か」

繰り返すと、晴輝は「うん！」と頷いた後、

「あのね、にちようびのあさのテレビの、『むてきせんたい』にね、すごくつよい、つののおにいさんがいてね、わるいほうのひとだったんだけど、いまはいいほうのひとになってね、それでみんなにたたかいかたとかおしえてるの。すごくかっこいいんだよ！」

と付け足してくる。

どうやら戦隊もののヒーローの一人に鬼のような角のある人物がいるらしい。その人物がいるので慶月の外見も違和感なく受け止めたようだ。

「そうか、強いのか」

「うん！　おにいさんもつよい？」

聞いてくる晴輝に、どうだろうな、と言った後、

「俺のことは『慶月』と呼べ」

そう伝える。

「けいげつ」

「そうだ」

「けいげつ」

「ああ」

「けいげつは、ぼくと、ずっといっしょにいてくれるの？」

晴輝はさらりと聞いてきた。

その言葉に慶月は驚く。

贄は慶月の側にいることを義務づけられた存在だ。その贄から「ずっといっしょにいてくれるの？」と聞かれるとは思っていなかった。

そして、晴輝の言葉からは、晴輝がまだ贄がどういうものか理解していないことがわかった。

もっとも、晴輝の幼さを考えればそれも無理はない。

「ああ、ずっといっしょだ」

そう返せば、晴輝は本当に嬉しそうに笑った。

◇◆◇

本来の贄は、慶月の身の回りの世話をすべてするのだが、自分のこともままならない年齢の晴輝にそんなことは無理だ。

慶月と贄に会うことができるのは、木藤家の当主と次代当主だけと限られている。そのため晴輝の世話も木藤と、木藤の息子で晴輝より四つ年上の裕樹《ひろき》の仕事になるのだが、朝は何かと慌ただしい。

ただでさえ忙しい朝なのに、晴輝はすっきり起きることができるタイプではないため、目覚めさせるのにかなり手間取る。

「晴輝、起きなさい。幼稚園に遅れる」

木藤が揺り動かし、声をかけるが、

「んー……」

晴輝は一度目を開けるものの、すぐに目を閉じてまた寝てしまう。

「晴輝」

慶月が無理矢理抱き起こしても、そのまま体を預けて寝入る始末である。

これまでの贄にも幼い者はいたが、晴輝ほど手間のかかる贄はいなかった。

木藤と晴輝の朝の攻防戦が三日ほど続いた後、見かねた慶月が、晴輝を起こして朝の身支度を整えるところまではすると切り出し、それからそれは慶月の仕事となった。

つまり、慶月の世話をするはずの贄の世話を慶月がする、という逆転現象が起きているのである。

木藤はそのことに関してひたすら恐縮したし、先代当主の妻——つまり、木藤の母親——は卒倒しかねない様子だったらしいが、当の慶月が、

「世話をしながら、世話の仕方を教え込むゆえ気にするな」

と言ったので、結局、そのままになっている。

そして今日も今日とて、晴輝は散々手間をかけさせながら慶月に起こされ、洗面、歯磨き、着替えまでやってもらって、木藤が運んできた朝食の膳を慶月と共に食べていた。

「けいげつ、ピーマンあげる」

あげる、などと言って苦手なものを押しつけようとしてくる晴輝に、

「いらぬ」

慶月は即答する。

「けいげつはおとなだから、ピーマンたべられるはず！」

「自分の分は食べるが、それはおまえの分だ。食べなさい」

「じゃあ、ジャンケン」

「せぬ」

「さんかいしょうぶ」

「だからジャンケンはしない。ほら、食べろ」

慶月は向かい合う晴輝の皿に残っている細切りのピーマンふた切れ――それすら、晴輝は食べようとしないのだ――を自分の箸《はし》で摘《つま》むと、晴輝の口元に運んでくる。

「たべたら、あとで、おにわでかたぐるまして？」

何か約束を取りつけねば気がすまない様子の晴輝に、結局慶月は根負けする。

「わかったから口を開けろ」

そう言うと素直に口を開いて、ピーマンを口に入れる。そして噛まずにお茶で流し込んだ。

「にがい」

「噛んでないのに苦いわけがないだろう」

「くちにいれただけでにがいもん」

そんな屁理屈《へりくつ》のようなことを言ってくるが、基本的に晴輝が苦手なのはピーマンくらいのものだ。

あとは好き嫌いなく、食べる。

そして朝食が終われば、晴輝は幼稚園に行く。

これまでの贄は、奥屋敷に入れば神事と祭事以外では外に出ることができなかったが、晴輝は義務教育の間はちゃんと学校に通うことが決まっていた。

いろいろとうるさい世の中だからだ。

幼稚園は義務教育ではないものの、晴輝がもともと通っていたので、通わせ続けることになった。

「じゃあ、いってきます」

出かける時間になり、木藤が奥屋敷に晴輝を迎えに来ると、晴輝はそう言って、慶月にギュッと一度抱きついてから、出かけていく。

晴輝いわく「ハグ」という習慣らしい。

晴輝の母親が生きていた頃はどこに行く時もそうやって送り出されていたらしく、贄になった翌日、幼稚園に出かける前に晴輝から普通に抱きつかれて以来、習慣化していた。

とにかく晴輝という贄はこれまでの贄たちとまったく違う。

慶月を「鬼」として恐れ敬《うやま》うという様子はなく、「一緒にいてくれる優しいお兄さん」として慕っている様子だ。

晴輝を見送った慶月は、奥の部屋に戻り、壁に飾られた晴輝の描いた絵を見た。

晴輝が幼稚園で描いてきたものだ。

「お友達の絵を描きましょう」というお題で描かれたそれには、基本、丸と棒線で描かれた「人」の姿があった。

頭髪は灰色で、年配の男性かなと思えるのだが、その髪は長く、そして頭には立派な角が二本描かれている。

それを持ち帰ってきた晴輝は自慢げに慶月にそれを見せて、

「けいげつ、かいた！」

にこやかに報告した。

その絵を見た幼稚園の教諭からは、

『その人の頭についてるのは何かなー？』

と純粋な問いかけをされたらしいが、晴輝は、

「つの！」

と元気よく答えたらしい。

もっとも「大きくなったらなりたいものは？」という問いかけに対して「カブトムシ！」と答えてしまうような子もいる年齢でもあるし、子供が大好きな戦隊もののテレビシリーズで、角の生えたヒーローが登場していることも教諭は把握ずみだ。

そのため、身近な誰かがそのヒーローのコスプレをしたか、子供にありがちなテレビの

向こうの人物を勝手に友達認定したかだろうと気にはしなかったらしい。

現に幼稚園からの連絡帳には、

『晴輝くんはお友達の絵に、戦隊もののヒーローの一人の絵を熱心に描いていました。大好きなんですね』

と書かれていたので問題視はされていない様子だ。

ただ、早いうちに伝えておかなくてはいけない、とその日のうちに木藤から、

「慶月様のことは、外の人に言ってはいけないよ。もし、外の人に慶月様のことが知られてしまったら、慶月様はここにいられなくなるからね」

と教えられてからは気をつけているらしい。

幼さゆえの素直さには微笑ましさしか覚えない。

これまでの贄は、幼くとも、大人しかった。

いや、慶月を前に恐怖で委縮していたのだ。

そして、親が恋しくてよく泣いていた。それは大きくなってからも変わることはなく、折りに触れて涙を見せることがあった。

子供の頃であれば、いつか殺されて食べられると思い詰めて泣いたりもしていたものだ。

だが、晴輝はまったくそんなことはなく、慶月に全幅の信頼を寄せている。

そのせいか、夜もよく眠るのだ。

今日も「読んで！」と持ってきた絵本を読んでやれば、途中で簡単に寝落ちした。
慶月と同じ布団の中で健やかな寝息を立てる晴輝の顔を見ながら、慶月は和む。
今日は、幼稚園で習ったというお遊戯《ゆうぎ》を披露してくれた。
「贅、というより、今は子育てだな……」
慶月は呟いて、晴輝のふっくらとした頬に指先で軽く触れる。
ふっくらと柔らかな頬の感触に目を細める。
「贅」ということの意味を晴輝が知るのはまだ先のことだろう。
知ってもなお、今のように笑顔を見せてくれるだろうか。
ふと慶月は思い、そんなことを考えている己に自嘲《じちょう》めいた笑みを浮かべる。
「考えても、仕方ないな」
呟いて、慶月は目を閉じた。

2

「晴輝、爪が伸びていただろう。切るぞ」

風呂から上がり、髪を乾かしてもらってパジャマにも着替え、あとはいつものように布団の中で話を聞かせてもらって眠るだけだと思っていた晴輝は眉根を寄せた。

「いい、だいじょうぶ」

「大丈夫じゃない。ここに来い」

布団に腰を下ろした慶月は胡坐《あぐら》をかいた片方の膝を叩いて促すが、晴輝は頭を横に振って嫌がる。

「めんどうだから、いや」

「おまえは座ってるだけだろう。面倒なわけがない。早くしろ」

そこまで言うと、ようやく渋々と言った様子で晴輝は示された方の膝に座る。

「手を出せ」

「……はーい」

と言いながらも、まだまだ渋々、なのだ。

それでも手を出してしまえば引っ込めたりするわけではなく、大人しく切られている。とりあえず「爪切りをする」と言ってから手を出させるまでが時間がかかる。

晴輝が慶月と暮らすようになって二年半近くが過ぎた。晴輝はピーマン嫌いは克服しつつあるものの爪切りだけは未だに嫌がる。

最初はとにかく脱兎のごとく逃げ、捕まってからも手を強く握って切らせようとしなかった。足の爪に至っては足をバタバタさせて嫌がる始末である。

そのせいで、当時は晴輝が寝入ってからしか切ることができなかった。

とにかく晴輝は、歴代の贄と比べると異質と言わざるを得ない。

恐らく、外の世界との交流を断っていないことも影響しているのだろうが、天真爛漫《てんしんらんまん》な気質はそのままで、そして、相変わらずの慶月大好きっ子だ。

慶月にしても、そんな晴輝は見ているだけでも楽しい。

「ねー、けいげつ。あさっての土曜日、お父さん帰ってくるから、向こうのおうちでお泊まりしてくるね」

大人しく爪を切られながら、晴輝は言う。

「ああ」

慶月は簡単に外泊を許可する。

父親が帰ってくる週末、晴輝は祖父母の家に泊まる。それは贄になってすぐに慶月が許可したことだ。

木藤は渋い顔をしていたが、幼い晴輝からいろいろなことを取り上げすぎるのはよくないと慶月が判断したからだ。

それに父親がこちらに戻るのは、三姉弟が祖父母の許に預けられて間もなくの頃は毎週末だったが、この頃ではよくて隔週といった状態だ。

「けいげつ、ぼくがいなくても、一人でねられる？　さみしくない？」

真剣な顔で晴輝は問う。

「大丈夫だ。……だが、一晩で帰ってこい」

「うん。土曜の夜にお泊まりして、日曜の夕方には帰ってくるよ。夕ご飯はけいげつと食べる」

慶月の言葉に晴輝は予定を話す。

「ああ、木藤にそう言っておく……。さあ、切り終わったぞ。さっぱりしただろう」

「……なんか指の先っちょがむずむずする」

「すぐに慣れる。さあ、寝るぞ」

慶月は切り終えた爪をゴミ箱に始末すると、眠るように促す。

「うん」

晴輝はいい子な返事をすると、慶月に抱きついて頬にキスをする。

「けいげつ、おやすみ」

挨拶してくる晴輝の頬に、慶月も同じように唇を触れさせる。

「よく眠れ」

そう言ってやると、自分の布団にもぐり込む。

晴輝が小学校に上がってから、晴輝用にも布団を敷くようになった。

とはいえ、隙間なく敷かれているため一緒に寝ていた時とさほど変わらない。

「けいげつ、何かお話して」

慶月の方を見て晴輝はねだってくる。

断られるなど、みじんも思っていないのがわかる。

もちろん、その程度のことを断るわけもないのだが。

暗記している昔話を語って聞かせながら、慶月はもう何度目になったかわからないことを考える。

これまでの贄は「慶月のこと」を最優先し「慶月のため」だけに存在していた。

すべての贄が木藤の血縁だったので、慶月の存在は幼いうちから伝えられ、贄としての務めを教え込まれていた。

だが、晴輝は予備知識がほぼない状態でここに連れてこられ、そして当時見ていた戦隊ものの登場人物のおかげで、慶月の存在をすんなり受け入れた。

元来の素直な性格もあって「けいげつ、大好き！」とてらいもなく言ってくるし、「慶月のことを最優先する」というよりも「自分が慶月としたいこと、やりたいこと最優先」といった感じだ。

そんな晴輝を慶月は慈しんでいた。

晴輝には自分の顔色を窺うような暮らしをさせたくはないのだ。

気まぐれな猫のように懐いてきて、気がすめば一人で好きなことをし始めるのが晴輝には似合っている。

もちろん、これまでの贄にも、無理を強いたつもりはない。

ただ、慶月のことを「畏怖《いふ》すべき存在」と刷り込まれてきた彼らは、慶月の不興を買わないように必死に見えた。

それは、慶月が簡単に人の命を奪える存在である、というのも大きな理由だっただろう。外の世界と交流することのできない彼らにとって、慶月が世界のすべてで、自分の生殺《せいさつ》与奪《よだつ》の権を握っている相手となれば、彼らが委縮するのも無理はない。

慶月が決してそんなつもりはないと言ったところで、難しかった。

贄としての生活が長くなれば、それなりに打ち解けることもあったが、主従の関係は最後まで続いた。

晴輝の場合はその「主従関係」といった部分が抜け落ちている。

慶月のことは今のところほぼ「保護者」として捉えている。

自分を害するなどとは欠片も思っておらず、普通に親に甘えるように接してくるのだ。

そんな晴輝のことを可愛《かわい》いと思う。

歴代の贄に対して、長く共にいるうちに愛しさを感じることも多かったが、どちらかと言えば憐憫《れんびん》の方が強かったのだ。

しかし晴輝に関してはただただ、可愛く、そして何よりも特別だった。

晴輝の自由さやのびやかさが愛《いと》しくて仕方がない。

それゆえに、木藤が眉を顰《ひそ》める「我儘《わがまま》」も容認してしまうのだが。

「……おまえは、このままでいい」

寝入った晴輝の顔に慶月は呟いた。

◇◆◇

「慶月様、おはようございます」

朝になると母屋に暮らす木藤の一人息子の裕樹が奥屋敷を訪ねてくる。

晴輝より四つ年上の裕樹は、小学六年生で、去年、小学校に入学した晴輝と毎朝一緒に登校しているので、迎えに来たのだ。

「晴輝、裕樹が迎えに来たぞ」

母屋と奥屋敷を繋ぐ引き戸のところで待機する裕樹を最初に迎えるのは慶月だ。晴輝はいつも奥の部屋でギリギリまでテレビで子供向け番組を見ているので、裕樹が迎えに来てから、やっとランドセルを背負って部屋から出て、廊下を小走りにやってくる。

「ヒロくん、おはよう」

晴輝はにっこり笑って挨拶してくる。

「忘れ物は？」

「ないよ」

裕樹が声をかけると、晴輝は自信ありげに答え、慶月も頷く。

持っていくものの準備の最終確認をしているのは、慶月だからだ。

裕樹は晴輝が小学校に上がってからこうして晴輝を迎えに奥屋敷に顔を出しているが、父である木藤から聞いていた「慶月様」像と、実際に会った「慶月様」との印象の差に、最初は随分《ずいぶん》戸惑った。

何しろ「慶月様」は木藤家の守り神であり、決して粗末に扱《あつか》ってはならない存在で、常に木藤家で「最上の物」を献上し、世話係として贄を捧げるのだと教えられてきた。

そうしなければ、木藤家はなくなってしまう、と。

その慶月が、世話係であるはずの贄の世話をしている。

しかも、

「では気をつけて行ってこい」

「うん！　行ってきます」

慶月と言葉を交わした晴輝は、そのままハグをする。

木藤家の守り神である鬼神様が、まさか「行ってらっしゃい」のハグをするような人だとは思っていなかった。

「ヒロくん、行こ！」

晴輝は無邪気に言って、裕樹と手を繋いでくる。

裕樹は慶月に会釈をして奥屋敷を後にした。

小学校への通学途中、二人が話すのは、テレビの話だったり、学校でのことだったり、普通の小学生の会話と大差ない。

その中に、時々慶月の話題が入るくらいだ。

「ヒロくん、けいげつってお外に出たことないの？」

「人のいるところへっていうのなら、多分ないと思う。角あるし、目立つし、一発で鬼だってばれるじゃん。そうじゃないなら、神社とか、山とかには行ってるかもだけど」

　裕樹が答えると晴輝は少し残念そうな顔をしながらも、納得した様子を見せた。

「そっかー。昨日の夜、てれびで、遊園地の乗り物ランキングやってたじゃん？　あれ見ててけいげつと一緒に行きたいなーって思った」

「あー、ドラゴンサンダースクリュー？」

　同じ番組を見ていた裕樹がランキングに出ていた遊具の名前を上げる。えげつないくらいの回転と捻《ひね》りが売りの絶叫コースターだ。

「うん！　絶対乗りたい！　けいげつ、絶対怖がると思う！」

「無理だろうなぁ」

「絶対無理？」

「無理」

「じゃあ、アヒル艦隊は？」

　晴輝は別の遊具の名前を出してくる。

「乗り物の種類の問題じゃなくて、遊園地が無理。人いっぱいじゃん」

　問題をすり替えてでも慶月とどこかに出かけたいのだろうな、と裕樹はうっすらと気付く。

　積極的に気付きたくないのは、晴輝が「何がなんでも慶月とお出かけしたい」モードになったら、厄介《やっかい》なことになるのは目に見えているからだ。

「人がいっぱいだと、やっぱダメかー」

晴輝は諦《あきら》めたような言葉を口にする。

「人のいないところだったら、大丈夫？」

だが、続けられたのはそんな言葉だ。つまり、どうしても慶月と外に行きたいらしい。

「慶月様と山の神社にでも行けばいいじゃん。神社なら普段人が来ないんだし」

人が来ない、を強調するように重ねて伝える。

晴輝は少し唇を尖《とが》らせて「うーん、神社……」と不服そうに呟いていたが、これ以上、この話題を続けると晴輝のペースで不用意なことを言ってしまい言質《げんち》を取られそうなので、裕樹は話を変えた。

「そういえばさ、今日の給食、わかめご飯だって」

「わかめご飯大好き！　絶対おかわりする！」

簡単に流されてくれる晴輝に、裕樹は安堵《あんど》して、小学校に到着した。

しかし、晴輝は「慶月との外出」をまったく諦めていなかった。

諦めるどころか「どうしたら実行できるか」について考え始めた。

「けいげつ、角、かくせないの？」

学校から帰ってきた晴輝は、すべすべとした手触りのいい角に触れながら問う。

「無理だな」

慶月はあっさり返してくる。

「けいげつと、お外で遊びたいなぁ……」

晴輝は慶月の顔を真っすぐに見て、ストレートにねだる。

「外か……。人の来ぬところならかまわない」

「人がいないとこって、山とか、川とかじゃん。川はもう泳ぐの無理だし、山は蛇とかムカデとか出るからやだ」

「カブトムシやクワガタは平気なのにか？」

「カブトムシとクワガタはムカデみたいに刺してこないもん。刺されたらすっごい痛いって木藤のおじさんも言ってたし、神社のお祭りの時も、掃除の時にはいでんにムカデ出てすごい大変だったたって言ってた」

晴輝の尖らせた唇を、慶月は指先で摘む。

「なら、来年の夏まで待て。川で遊べるぞ」

そう言う慶月の、指先を摘む手を離させた晴輝は、

「今、遊びに行きたいのに……」

やっぱり唇を尖らせる。

「諦めろ」

あっさり言われて晴輝はむくれる。

「それより今日の宿題をすませろ。漢字ドリルか？　計算ドリルか？」

促された晴輝はむくれながらも「どっちも……」と返し、ランドセルからドリル帳と筆箱を取り出す。

こういうところは素直なのだ。

その後は真面目に宿題をして、宿題が終わる頃には、慶月と外に遊びに行きたい、という話はとりあえず諦めたようで、いつものように慶月相手にオセロをしたり、将棋を教えてもらったりして過ごした。

しかし、晴輝は諦めたわけではなかった。

自分がやりたいと思ったことにはがむしゃらに突き進むのが子供であり、晴輝は特にその傾向が強かった。

どうすれば今すぐ慶月と遊びに行けるのか？

その実現に向けてどうすればいいのか、考えることにした。

考えると言っても、晴輝の頭ではどうしていいかわからない。

こんな時は誰かに相談するのが一番である。

ただ、その相談相手が大事だ。

木藤に相談すると「ダメです」の一言で終わりだろうというのは、なんとなくわかる。

他に相談できる相手となれば、一人しかいない。

もちろん裕樹だ。

翌日、晴輝は学校から帰って、真面目に宿題を終えると、

「ちょっとヒロくんのところ行ってくるね」

と慶月に言い置いて、母屋に向かった。

裕樹は母屋の自室で塾の予習をしているところだったが、晴輝が来るとその手を止めた。

「晴輝、どうした？」

「えっとね、ヒロくんに相談があってきたんだけど」

「何？」

「やっぱりけいげつとお外で遊びたい。でも、けいげつは角があるから、ヒロくんが言った通り、人のいるところはダメって言うんだ」

「仕方ないじゃん」

裕樹はあっさり言う。

「でもさ、だれもいないころにいっても、けいげつ、何も楽しくないじゃん！　ぼくしかいないんだったら、家にいるのと変わんないし」

晴輝の言葉に裕樹はため息をつく。

「……ドラゴンサンダースクリューに一緒に乗りたいっていうのは、絶対無理だからな」

「じゃあ、それはあきらめる。でも一緒にお外にいって、アイスクリーム食べたり、プリ

クラとったりくらいはしたい」

それに裕樹は眉根を寄せる。

「……角さえなんとかなれば、だと思うんだよなぁ……。目は、サングラスかければいいわけだし、髪の毛はああいう色に染めてる人もいないわけじゃないし」

田舎なのであまり派手に染めている人はいないが、街まで出ればちらほら見かける。

「角、かくすのは無理って、けいげつは言ってた」

「んー……」

裕樹は腕組みをして、いい案はないか考える。

それは、慶月を外に連れ出すための案でもいいし、晴輝を諦めさせるのでもよかった。

そしてふっと裕樹の目は壁に貼ったカレンダーを捉えた。

裕樹は月替わりのカレンダーを使っているのだが、月初めに今月のカレンダーを切り外し、カレンダーの隣に貼りつけ、今月と来月の暦が見られるようにしている。

今は九月。壁には九月と十月二枚のカレンダーがあった。

その十月の絵柄を見て、裕樹は思いついた。

「ハロウィンなら、なんとかなるんじゃないかなー」

裕樹の言葉に晴輝は目を輝かせた。

「ハロウィン！」

「うん。みんないろんなコスプレするだろ？　お化けの格好とか魔女の格好とか……。その日なら慶月様の角もコスプレかなんかだと思ってもらえるんじゃないかな」

「それなら絶対大丈夫！　ハロウィン、やった！」

晴輝はピョンピョン飛び跳ねて喜んだ後、

「ヒロくんに相談してよかった！　ありがとう！」

ちゃんと礼を言うと、奥屋敷へと戻る。

そして、慶月に早速報告した。

「けいげつ、ハロウィンの日ならけいげつとお出かけしても大丈夫だって！」

にこにこ笑顔で言う晴輝は本当に嬉しそうだ。

とはいえ、晴輝の言葉を慶月は鵜《う》呑《の》みにはできなかった。

晴輝は決して嘘をつくような子供ではないが、子供独特の見込みの甘さはある。

よって、それについては木藤と相談するということになり、早速、その夜、夕食の膳を運んできた木藤に慶月は聞いた。

「晴輝が、ハロウィンとかいう日なら、俺が外に出ても大丈夫だから出かけたいと言うんだが」

「は？」

慶月の言葉に木藤は目を見開いた。

慶月を外に？

それはつまり、神社などではなく、街中に連れ出す、ということだろう。

木藤家の守り神となって以来、神社や山の中以外には出かけたことのない慶月が人前に？

あり得ない。

絶対にあり得ない。

戸惑う木藤の目に、慶月の隣でにこにこしている晴輝の姿が目に入った。

晴輝が慶月に持ちかけたのは間違いない。

「晴輝……慶月様のことを他の人に知られてはいけない、と何度も言っただろう？」

木藤は晴輝を見て言った。

だが、それに晴輝は首を傾げた。

「他の人に、鬼だってばれたらだめなんでしょう？　ハロウィンの日ならいっぱいいろんな格好の人がいるから大丈夫だってヒロくんも言ってた」

「裕樹が？」

一人息子の名前を出されて木藤は目を見開く。

子供の頃から木藤の跡取りとして慶月のことは重々、言い聞かせて育ててきたはずだ。

その裕樹が慶月を外に出すことに賛成するような言動を取ったのは、木藤にとっては許しがたいことだった。

「木藤、まず、ハロウィンとはなんだ？」

話が妙な方向に進みそうなのを感じ取った慶月は、自分の問いたいことを口にした。

「あ…はい。その、ハロウィンと申しますのは、海外のお盆のようなものらしく、最近日本でもはやりだした祭り…とでも言いましょうか…、若者がこぞってバケモノのような仮装をして街に出かけていますね」

木藤は自分が知る範囲の情報で雑に説明する。

「仮装行列のようなものか？」

「おおむね、そのようなことで間違いはないかと」

木藤の返事に慶月は少し考えるような間を置いた後、

「その日であれば、本当に俺が外に出たとして、人目につくことはないと思うか？」

そう問い直した。

慶月が晴輝に甘いのはわかっている。

ここで木藤が「恐らく」などと甘い判断を下せば、出かける方向で話は決まる。

しかし嘘をつくこともできない。

「……若者の間ではやりですので、私では判断致しかねます。……まずは食事を。終わった頃合いに裕樹を連れてこちらに参りますので」

とりあえず、即答を避け、木藤は母屋に戻って裕樹を問いつめることにした。

そして約一時間後、木藤は裕樹を連れて奥屋敷に来た。

木藤は苦虫を噛みつぶしたような顔で、裕樹は平然としていた。

「裕樹、ハロウィンという行事についてだが、俺が外に出ても人目につくことはない、と晴輝に言ったのはおまえだな？」

慶月は早速聞く。

食事をしながら慶月も晴輝からいろいろ聞いていたのだ。

「人目につかないっていうと語弊があります。慶月様は背も高いし、格好いいので、人目は引くと思いますけど、角に限って言えば仮装をしてる人が多いので悪目立ちすることはないと思います」

裕樹は晴輝が相談を持ちかけてきた時点で、こうなることは予測していた。そのため、父親である木藤から食事をしながら小言まがいにいろいろ言われても、きちんと説明をした。

あくまでも「贄」が慶月のためにと考えたことであり、自分は知恵を絞っただけだ、と。

そのうえで、今慶月にしたのと同じ説明をしたのだ。

「そうか……。晴輝が、俺がずっと奥屋敷の中にいるのでは退屈ではないかと考えてくれたようだ。もし、問題がなければそのハロウィンとやらに出かけてみたいが、どうだ？」

慶月の言葉に木藤は胸の内でため息をつく。

話を切り出された時から、こうなるのはわかっていたのだ。

ただ、裕樹の返事次第では断れるかなと思っていただけで。

しかし、その裕樹も晴輝には弱い。

一人っ子で育ってきた裕樹は、実の弟のように懐いてくる晴輝を可愛く思っているからだ。

「……仔細につきましては、これから考えることにしますが、最大限ご希望に添えるように取りはからいます」

木藤の返事に慶月は頷いた。

こうして、晴輝の望み通りに「慶月とお出かけ」は決定したのだった。


ハロウィンの日、出かけるのは集落から車で一時間半ほど離れたこの辺りでは一番大きな繁華街と決まった。

そこなら仮装をした若者が多く出ているので、慶月の角も悪目立ちしないからである。

とはいえいつもの和装というわけにはいかないので、慶月も仮装をすることになった。

なんちゃって燕尾服とシルクハットで、シルクハットには角を通すための穴を空けた。

見ようによっては吸血鬼である。慶月の柘榴色の目はそのままにしたが、参考にした画像の吸血鬼のコスプレイヤーでは赤いカラーコンタクトを入れていたので問題ないだろうとそのままだ。

そして晴輝と、それから一緒に行くことになった裕樹も当然仮装をした。

晴輝は慶月とお揃いに見えるように吸血鬼に、裕樹は海賊船の船長にそれぞれ変身をした。

準備を整えた三人は木藤の運転する車で目的の繁華街へと向かった。

繁華街では木藤が思っていたより多くの者が思い思いの仮装を楽しんでいた。

来るまで本当に大丈夫なのかと不安しかなかったが、この中であれば、慶月が悪目立ちすることはないだろう。

繁華街の中には木藤が所有するビルがある。その駐車場に車を駐め、四人は繁華街へ繰り出した。

慶月は仮装した人の中に溶け込んで悪目立ちはしなかったが、裕樹が言っていた通り、長身であることと、恐ろしく整った顔立ちであることから、吸血鬼風のコスプレが似合いすぎて人目を引いた。

それでも奇異の目で見られることもなく、むしろ吸血鬼のお揃いコスである晴輝との組み合わせは年若い父と子のようで微笑ましく見られた。

晴輝と裕樹の組み合わせも、仲良し兄弟と言った様子で、可愛いという声を行く先々で聞いたが、同じように兄弟でコスプレをしている子供たちも多くいたので、いい感じに埋没した。

「けいげつ、アイスクリーム食べよ！」

繁華街の中にあるアイスクリームショップの前で晴輝はおねだりする。

「……この時季にか」

冷たい物は夏に食べる物、という意識の強い慶月は難色を示す。

まだ、寒いというほどではないにしても、アイスクリームを食べるほどの暑さではないのだ。

しかし晴輝の中では「慶月とアイスクリームを食べる」というのが、目標の一つに定まっているらしく、

「いろんな種類があって楽しいよ。半分こしよ！」

店の前の看板に書かれているいくつもの種類のアイスクリームを指差し、言う。

「けいげつと一緒だから、カップのトリプルで、一つはシャーベット入れていい？ けいげつはどれが好き？」

聞いてくるが慶月にはさっぱりわからない。

「なんでも、おまえの好きなものでいい」

TAKE OUT MENU

「じゃあね、チョコチップは絶対。ヒロくん、ストロベリー入れる？」

「入れる。チョコチップと一口ずつ交換な」

晴輝は裕樹とも相談し合う。一口ずつ分ければいろんな味を食べられるという算段らしい。

こうして慶月にしてはいささか涼しすぎる時季にアイスクリームを、それも外で食べることになったが、同じようにしている人間は多かった。

カップの中に、球状に盛られた三つのアイスクリームが身を寄せ合うようにしているのを、スプーンですくいながら食べる。

「けいげつ、チョコチップおいしい？」

「うまいが甘すぎる」

「じゃあ、シャーベット食べたらいいよ、レモンだから」

にこにこしながら晴輝は言う。

アイスクリームを食べ終えると、次の晴輝の目当てであるプリクラを撮りに向かった。

田舎の街にある商業施設のものは、男性ばかりのグループは撮影不可ということもなく、いくつかの機械を梯子《はしご》してシールを作った。

晴輝と慶月の二人のものが多いが、裕樹を入れて三人のものや、木藤を入れて四人のものも撮った。

木藤も慶月に言われて持参したカメラで晴輝たちの写真を撮った。

普段では絶対に許可されない夜の街でのあれこれを、慶月と一緒に体験できることは晴輝のテンションをかなり上げていた。

晴輝の目当て――他にも、ゲームセンターに寄ってみたり、おもちゃ屋に立ち寄ってみたり――をすべてこなし、帰路についた。

はしゃぎすぎた晴輝と裕樹は車の後部座席で眠ってしまい、起きているのは運転している木藤と助手席の慶月だけだ。

その中、木藤は口を開いた。

「晴輝の天真爛漫さはいいところでもありますが、多少奔放《ほんぽう》すぎるのではないですか？　少し諫《いさ》めましょうか」

それはこれまでの「贄」たちと違いすぎて、慶月への態度が不敬なものに感じられる木藤の危惧《きぐ》だったが、

「かまわぬ」

慶月は短く言い、それから続けた。

「木藤への、俺の守護は変わらん」

「……ありがとうございます」

贄が不興を買えば、慶月の木藤への恩恵が揺らぐ。

その懸念を否定され、木藤はただ礼だけを言った。

◇◆◇

慶月がさほど頓着しないこともあり、それからも晴輝は木藤から見れば充分に奔放に、一般的には他の子供たちと変わらない様子で育った。

だが小学校高学年ともなれば、徐々に自分の立場や存在価値のようなものについて考え始めた。

小さい頃から慣れ親しんできたので、すんなりと慶月という「鬼」の存在を受け入れてしまった晴輝だが、とりあえず「鬼」は世間一般的には存在しないもので、特殊だということは充分理解した。

それを理解したがゆえの、自分の「贄」としての在《あ》り方について考えるようになったのではあるが。

「晴輝はちゃんとお屋敷で贄としてやっていけているのか？」

その週末は父親が帰ってくるので、晴輝は祖父母の家に泊まりに来ていた。

兄と姉が高校生と中学生になり、晴輝自身も普段は木藤家で何不自由なく暮らしているという安心感と、少し遠方の支店に栄転したことから、父親は今では月に一度帰ってくるかどうかという感じになっていた。

そのため晴輝が祖父母宅へ今日のように泊まりに帰ることは減ったが、その分、学校の帰りに祖父母の顔を見に訪れることが増えていた。

「んー、多分、ちゃんとできてると思う。叱《しか》られたりしてないし」

心配させないように祖父にそう答えたものの、晴輝の中で疑問が沸き起こった。

――贄としての「ちゃんと」って何？

自分が奥屋敷でしていることと言えば、慶月と一緒に生活をしているだけだ。

一緒にご飯を食べて、勉強を見てもらって、テレビを観たり、ゲームをしたりして過ごし、一緒に寝ているだけなのだ。

もちろん、祝詞《のりと》を覚えたりすることもあるが、それは最近始めたことだ。

久しぶりに帰ってきた父親と、兄姉、祖父母の六人で過ごした。楽しかったのだが、気がつけば「贄としてのちゃんと」ということを考えていた。

そして翌日の夕食前に晴輝は帰ってきたが、帰ってくるなり、晴輝は慶月に聞いた。

「慶月、俺、贄としてちゃんとできてんの？」

いきなりの問いに慶月は戸惑った。

「急にどうした？」

「昨日、じいちゃんに聞かれた。贄としてちゃんとやっていけてんのかって。でも、贄としてのちゃんとって何？　俺、慶月と一緒にいるだけじゃん？」

「贄の仕事は、俺と共にいることだ。ちゃんとできているから、気にしなくていい」

慶月はそう言ったが、なんとなくそれだけではないのを晴輝は感じていた。

本当に晴輝は何もしていないのだ。

慶月は身の回りのことは自分でできるし、むしろ晴輝が未だに手伝ってもらう部分も多い。

奥屋敷の部屋の掃除は定期的に木藤の使用人が行っている。中庭を囲むように立てられている奥屋敷は、中庭に植えられた植物がそれぞれの季節に美しく見ることができるように、春の間、夏の間、という形で四つの部分に分かれていて、季節ごとに晴輝と慶月は部屋を移ってきた。そのすべての部屋は二間ごと順番に掃除されるため、清掃のための使用人が入る時、慶月は別の部屋に身を置いている。

もちろん、日々の掃除もあるが、それは基本的に自走式の掃除機任せだ。

慶月は最初、馴染《なじ》めない様子だったが、今はすっかり慣れた。

「迷子になることなく自分で家に戻るとは、賢い機械だな」と感心していた。

そんなわけで、本当に晴輝は何もしていないのだ。

していないのに「できている」と言われても信じられないので、晴輝は裕樹に聞くことにした。

「ヒロくん、贄ってホントは何する人?」

高校受験を控えて問題集と格闘している裕樹に問う。

裕樹は問題集から目を離さないまま
「んー、晴輝が中学生になったら教えてもらえるんじゃない?」

そう言った。

「なんで中学生?」

「今の晴輝には無理な仕事っていうか、任務みたいなもんだから」

その後はどう食い下がろうと教えてくれず、わかったのは「やはり贄には慶月と共に過ごすということ以外にも、仕事がある」ということだけだった。

そして、その仕事については、本当に小学生の間は教えられることはなかったのだった。

3

「これ、今日の入学式の写真」

晴輝は中学の入学式に来てくれた祖父母がデジタルカメラで撮影してくれた写真を早速、祖父母宅でプリントアウトして持ち帰り、慶月に渡した。

「クラスは何組になった？」

「二組。まあ二クラスしかないし、クラスの半分は小学校一緒だから、友達もそのまんま一緒な感じ」

過疎地域にありがちなことだ。二つの小学校の生徒がその中学に進学するのだが、それでも二クラス分の生徒しかいない。

つまり晴輝の小学校は同学年に一クラス分の生徒しかいなかった。

それでもまだ多い方なのだ。晴輝より下の年代は一クラス十人足らずというのもちらほらあった。

「別の小学校から来た者とは友達になれそうか？」

「わかんないけど、多分大丈夫。これ、学校の門のとこ。じいちゃんの退院間に合ってよかった」

慶月が写真を見ていくのに、晴輝は説明する。

父親は小学校の卒業式には来てくれたのだが、入学式は休みを取ることができず、祖父母が来てくれた。

祖父は病気で入院していたのだが、入学式の三日前に退院することができて、来てくれたのだ。

「おじいちゃんが来られたの、慶月のおかげでしょ？　ありがとう」

晴輝は礼を言う。

祖父が入院したのは二月半ばだった。

癌《がん》の手術のためだった。

高齢のため、手術や入院で体力を奪われると入院が長引くことも充分考えられたが、晴輝の父が中学の入学式の参加は難しいということがわかった時、

「ばあさんだけでは晴輝が可哀想《かわいそう》だ」

と、言い出し、なんとしても入学式に間に合うようにしてほしいと、祖父は医者に結構無茶なことを頼んだらしい。

医者は、本人の頑張り次第などと言ったようだが、十中八九無理、といった感じだった。

そのことを見舞いに行って聞いた晴輝は、慶月に、

「じいちゃんがそんなこと言ってるらしい。入学式なんて一人でも別にかまわないから、じいちゃんにはちゃんと養生してほしいんだけどなぁ」

と特に頼むという感じではなく「こんなことがあったんだよ」といういつもの報告の一環として話した。

恐らく、それで慶月が力を使ってくれたのだろう。

祖父の回復具合は医者も驚くほどだった。

「大したことではない。たやすいことだ」

「でも、ありがと。あ、それ小学校も一緒だった牧野《まきの》くん。またクラス一緒」

一枚一枚、全部説明しながら一緒に見る。

見終えると慶月はアルバムを取り出し、丁寧に貼っていく。

すぐ隣のページには少し前の小学校の卒業式の写真が貼られていた。

「さほど時間が過ぎたわけではないが、やはり制服が変わると雰囲気が違うな」

小学校の時はノーカラージャケットとハーフパンツだったが、中学は学ランだ。

「似合ってないなーって思う。みんな学校で会った時に『似合わねえ』って互いに指差して笑ってた」

「見慣れないだけだ。ちゃんと似合っている」

慶月はそう言って貼る場所を考えながら配置する。

贄としてここに来てから撮った写真は、慶月が丁寧にアルバムに貼ってくれている。小学校の入学式も、学芸会も、ハロウィンの写真も、全部だ。

「慶月ってマメだよね」

感心して言う晴輝に、

「俺にとっては、外のおまえはこうして見るしかないからな」

さらりと慶月は言った。

慶月と外に出かけたのは、あのハロウィンの夜だけだ。

翌年も行きたいと言ったのだが、慶月が首を縦に振らなかった。

もしかしたら楽しくなかったのだろうかと思って聞いたが、

『楽しかった。だが、今年はいい』

と断られ、翌年はなんとなく言い出せなくて結局あれ一度きりになったのだ。

それに木藤も、慶月を外に出すことにはいい顔をしないのはわかっていたし、年齢が上がるにつれてなんとなく空気を読む、というほどではないが、言っていいことと悪いことはわかるようになった。

――そういえば、中学生になったら「贄の仕事」について教えてくれるとかヒロ兄言ってたなあ……。

慶月との生活はまったく変化のないまま来てしまっているが、贄の仕事が何かわかれば少し変わることもあるかもしれない。

とはいえ、自分から「贄の仕事」について聞くのは、多分「いけないこと」の部類に入る気がして、教えられるまで待つことにした。

その結果、晴輝がそれについて知らされることになったのは、十三歳の誕生日を迎えてからのことだった。

晴輝は二月の下旬生まれなので、中学生になって約一年が過ぎようとした頃やっと知ることになったのだ。

木藤に母屋の座敷に呼ばれたのだが、木藤はいつになく真面目なというか難しい顔をしていた。

「晴輝も十三になったから、そろそろ贄というものについてちゃんと伝えておこうと思う」

木藤はそう切り出した。

「晴輝は、贄とはどういうものだと認識している?」

「慶月からは、慶月と一緒にいるのが贄の仕事だって言われてる。多分、慶月の身の回りのこととかするのも仕事だと思う……今のとこ、慶月に手伝ってもらう方が多いけど」

相変わらず、朝起きるのは苦手で、「あと五分……」をひたすら繰り返すし、爪切りも昔ほどの拒否感はないものの、右手の爪を切るのが難しくて慶月に切ってもらっている。

もちろん木藤には言えないが。

「他には？」

「あとは、神社でお祭りがある時は、神殿で慶月と一緒に祝詞上げるから、祝詞を覚えたりすること。思いつくのは、それくらい」

そう言った晴輝に木藤は頷いた。

「ああ、そうだな。慶月様と共に過ごし、慶月様が常に気分よく過ごせるようにするのが贄の役目だ。気分よく過ごしてもらうために、大事な役目がある。夜のお相手だ」

「夜のお相手？　寝る前に、なんかしなきゃってこと？」

今は風呂から上がった後、寝るまで将棋を教えてもらっているが、多分そういう意味合いではないだろう。

だが、木藤は言いあぐねるような様子を見せた。

「まあ、その、なんだ……。聞いたからといってすぐに、それをせねばならんというわけではないし、いつからというのもこちらからは言えない。すべて慶月様に任せてあることなんだが……」

そこまで言って、また木藤は言葉を切る。そしていくばくか間を置いた後、

「わかりやすく言ってしまえば、慶月様と子作りをするような行為をしろと、そういうことだ」

言いづらそうに告げられた言葉に晴輝は目を見開いた。

「子作り…赤ちゃんってこと？　え？　俺も慶月も男だよ？　赤ちゃんなんかできないじゃん」

「だから、実際に子供は作れなくてもいい。ああ、まだ早かったか……。晴輝はどうやったら子供ができるかは知っているのか？」

「……夏休み前に保健体育の時間に一通りは聞いたけど…」

「どういうことをするかは大体知ってるんだな」

晴輝の返事に木藤は少し助かった、というような顔をした。

「要するに、えっと、ちゅーしたり、その先のこととかもするってことだよね」

木藤はただ頷いた。

キスシーンくらいなら漫画にも出てくるし、年上の兄弟がいる生徒が、いわゆる十八歳未満禁止の本を学校に持ち込んで密かに回し読みをしていたりもするので、おおよそのことはわかる。

何しろ性的なことに興味を覚え始める年齢なのだから仕方がない。

「男同士……でも、するの？」

おそるおそる聞いた晴輝に、

「先代の贄は男だった」

木藤は短く答えた。

「……慶月は、その人としてたの？」

「聞いたことはないが、恐らく」

「じゃあ、俺もするの？」

「わからないが、慶月様の気持ち次第だと思う」

――そりゃ、小学生の頃には教えられない話だよな……。

正直、中学生になって第二次性徴的なことを学んだ今でも、動揺している。

「恐らく慶月様は、晴輝に無理強いをされたりはしないから、安心していい。だが、いずれはそういうことになるとだけは思っておいてくれ」

贄が、ただ一緒に暮らすだけではないと思ってはいたし、贄という漢字が「生贄」と言う言葉で一番よく使われることを知ってからは、「食べられる」ための存在だったんだろうなとちょっとスプラッターなことを思ったりもしていた。

――まさか、違う意味での「食べる」とは思ってなかったけど……。

もしかしたら昔はリアルに「食べられた」人もいたのかな……。

そんなことを考えながら、晴輝は奥屋敷に戻った。

母屋に呼ばれた理由を慶月は知っているのかいないのかわからなかったが、戻ってきた晴輝を迎えた慶月は、いつも通りだった。

だが、晴輝は慶月を意識してしまい、顔を見るのがなんだか恥ずかしかった。

慶月は格好いいし、優しいし、晴輝のことを大事にしてくれている。

慶月のことは、昔と変わらず大好きだ。

それは揺らぐことはない。

ただその「好き」の種類が、問題だ。

――行ってきますとただいまのハグはしてるし、おやすみのチューもしてるけど、それはそういう意味で「好き」だからじゃないし。

そもそも、そういう対象として慶月を見たことがない。

でも、慶月は贄とはそういう存在だと知っていたはずだ。では、慶月が自分をそういう意味で「好き」だったりするのだろうか？

考えてみたところでわからないし、どうせ慶月は晴輝が母屋で何を聞いてきたのか知っている。

それなら聞いてしまった方が早い。

短絡的な思考で晴輝は口を開いた。

「慶月」

「なんだ？」

「慶月は、いつか俺とエッチなことするの？」

びっくりするほどのど直球で晴輝は聞く。

オブラートに包む、という言葉の存在などまったく知らない様子の晴輝に、慶月は小さく息を吐き、

「まあ、いつかな」

明言を避けるように言った。

だが、晴輝がそんな言葉で納得するわけがなかった。

「いつかって、いつ？」

「おまえが学校を卒業したら、だ」

「じゃあ、卒業するまではしないの？」

確認するように聞いてくる晴輝に慶月は頷き、

「この話はしばらくしない。いいな？」

そう言ってきた。

「……わかった、しない」

どうして「しない」のか、理由はわからないが、慶月がしたくないなら無理に聞く話でもないし、無理に聞いて慶月に嫌われるのは嫌だ。

――慶月、恥ずかしかったのかな。

意外とシモネタに弱いのかな、と自分の中で結論づける。

とはいえ、「慶月とその話をしない」というだけで、これまでに贄に選ばれた人たちのことが晴輝は気になった。

贄のことをちゃんと学びたい、と言えば木藤も木藤のおばあちゃん——木藤の遠縁から嫁いできた先代の妻であり、先代が亡くなった時は代理として一時的に奥屋敷を取り仕切り慶月とも対面している——も喜んで木藤家に残る古文書のコピーを見せてくれた。

あまり古いものは崩し字が過ぎて内容はほとんどわからなかったし、古文書自体抜けている時代もある。

だが、記載されているだけで十六人の贄が確認できた。男女問わずで、贄になった年齢も様々だ。

晴輝のように子供のうちにという者もいれば、二十歳を過ぎてからという者もいたし、意外に短命な者もいた。

とはいえそれ以上は読むのが本当に難しくて、それだけがわかっただけでも自分の努力を褒めたいくらいだ。

ただ、先代の贄だけは身内に出した手紙や、日記というか、特別なことが起きた時だけ記す覚書帳のようなものが残っていた。

文字も、続け字と言っても頑張ればある程度は読むことができ、それによると六歳の時に贄になったことがわかった。

そして十四歳の時に「初めて床入りする」と書いてあり、最初はピンと来なかったが、前後の文脈から、つまりそういうことを致したらしいというのがわかった。

——慶月が学校を卒業したらって言ってたから……そっか、中学を卒業したらそういうことするんだ。

つまり、二年後だ。

その二年が近いのか遠いのかわからないが、一気に現実が伸しかかってきたような気がした。

——慶月とチュー以外のこともするんだよな？

そう思うだけで頭が沸騰しそうになる。

エロ本の中にあったようなことを、多分するのだ。

そう思うとすぐにでも叫び出したいような気持ちになったが、かろうじて堪《こら》える。

——大丈夫、今すぐじゃない。二年後だし！

自分に言い聞かせた。

言い聞かせても、多少挙動不審になるのまではどうすることもできず、これまでのように行ってきますのハグや、おやすみのキス——急にやめるのも意識しすぎだと思われそうだったので続けている——をしても、ものすごくドキドキする。

それでも嫌なわけではないのだ。

慶月のことが好きなので、多分、そういうことをすることになっても別に嫌じゃないけれど、今の晴輝には刺激が強すぎて、自分の身に降りかかるということを真正面から受け止めるには恥ずかしい。

——今までの贄の人も、慶月と一緒にいてこんな風に思ったりしたのかな。

そんな風に思う。

特に先代は晴輝と同じくらいの歳の時に慶月の許で暮らし始めているし、残っている情報が一番多いので気になった。

ある夜、晴輝はドキドキしながらそう言って慶月の頰に口づけた。

「慶月、おやすみ」

慶月からも頰に口づけを返され、その感触に頭をふわふわさせながら、晴輝は慶月の隣に敷いた布団にもぐり込んだ。

慶月も部屋の灯《あか》りを消してから自身の布団に横たわる。

行燈《あんどん》風の照明だけがつけられた部屋の中はほの暗いが、慶月の顔ははっきり見えた。

——やっぱり格好いいなぁ……。

出会ってからもう何百回目かわからない言葉を胸の内で呟く。

初めて会った時には、格好よすぎてびっくりした。

こんなに格好いい人がいるのかと驚いたのだ。

いや、人じゃなくて、鬼だが。

だが鬼の中でも慶月ほど格好よくて綺麗な鬼はいないんじゃないかと思う。鬼の知り合いは慶月以外にいないので比較はできないが、とにかく格好いいを百回唱《とな》えても足りないくらいに格好いい。

格好よくて、優しくて、大好きだと思う。

「晴輝、目を閉じないと眠れないぞ」

じっと見ている晴輝の視線に気付いて、慶月は体を晴輝の方に向けて横寝の姿勢になり、言った。

「まだ眠くない」

「それでも目を閉じろ。そのうち眠れる」

「……ちょっとだけ、話して」

「なんの話がいい？　ジャックと豆の木か？　金の斧銀の斧か？」

少し笑いながら慶月は言う。

慶月に読んでもらう絵本は、外国のものが多く何度も読んでもらったせいで慶月は今でもいくつかは暗記している。

外国のものが多い理由は日本の昔話には「鬼退治」がテーマになるものが多かったからだ。

祖父母の家にいた頃は気にしなかったが、慶月と暮らすようになって晴輝の中で鬼の姿が慶月で再生されたり、絵本の中の鬼が、もしかしたら慶月の友達だったかもしれないと思うと、悲しくなって泣き出すはめになった。

それで、外国の物語を読んでもらうことが増えた。

「……今まで、慶月と一緒にいた贄の人のこと、教えて」

「急にどうした？」

「どんな人がいて、どんなことして慶月と過ごしてたのかなって、ちょっと気になる」

晴輝の言葉に、慶月は少し考えるような間を置いた。

「……思い出らしい思い出はないな。奥屋敷の建物や大きさは変わっても、この中でしか過ごしておらぬゆえ、相手が変われど、ただ季節の移り変わりが繰り返されるだけだ」

それだけで話が終わりそうで、晴輝は慌てて次の問いを口にする。

「俺のすぐ前の贄の人って、どんな人だった？」

「大人しい者だったな。幼い頃にここに来て、俺が読み書きを教えた。書物が好きで——いや、書物を読むことくらいでしか、時間を潰すことができなかっただけだろうが、一人でいる時は大抵書物を読んでいた。まあ、蓄音器やラジオが出回り始めてここに据《す》えつけられてからは、よくそれらを聞いていた」

「テレビは？」

「おまえが来るまでテレビはなかった」

「そうなんだ……。前の贄の人は、俺みたいに学校に行ったりはしてなかったんだよね？」

「ああ。死ぬまで俺と共にここにいた」

死ぬまで、という言葉が妙にリアルに聞こえた。

先代は随分と長生きだった。百歳近かったはずだ。

幼い頃に来てから九十年以上、年に数回神社に行く以外は外の世界を見ることなくここで暮らしていた。

どんなことを考えていたのだろうかと思う。

それと同時に、慶月は千年以上もそんな生活を続けているのだ。

「慶月は、外に出たいと思ったことはなかったの？」

退屈を紛《まぎ》らわせるための相手が贄だったのだろうと推測はできる。だが、贄一人で紛らわすことができる退屈ではない気もした。

「晴輝と会うまでは、思ったこともないな。歴代の当主が奥屋敷の調度類に工夫をこらし、庭を丹精込めて四季を感じられるようにし……それを愛でる。なかなかに穏やかないい暮らしだぞ」

慶月はそう言ったが、

「でも、ハロウィン楽しかったでしょ？」

　晴輝が言うと、慶月は笑った。

「ああ、そうだな」

「慶月の吸血鬼、格好よかった。プリクラも写真もいっぱい撮ったし。慶月が意外と太鼓叩くゲームうまくてびっくりした」

「それ以外は散々だったな。景品を取るゲームは、裕樹がうまかった」

「あれ、セミプロだよね、もう」

　笑って晴輝も返し、

「アイスクリームも一緒に食べたし……楽しかったね」

　そう続けてから、晴輝は気になっていたことを聞いた。

「なんであれっきり、ハロウィン行かなかったの？　慶月は、そんなに言うほど、楽しくなかった？」

「いや、そんなことはない。初めてのことばかりで、楽しかった」

「じゃあ、なんで？」

「木藤の負担になるし、先代の奥方がいろいろ気を揉む。血圧が心配だ」

　慶月は少し笑う。

「確かに木藤のおばあちゃん、凄い騒ぎだったもんね」

『慶月様を外になんて！』と大反対だったが、慶月が押し切ってくれたのだ。それも晴輝のためだっただろう。

「慶月の吸血鬼姿、また見たいなあ……」

晴輝の呟きに、

「また、いつかな」

慶月は返し、少し間をおいてから聞いた。

「晴輝、いずれおまえはここに閉じ込められる生活になる。嫌じゃないのか？」

どういう意味で慶月が聞いているのか、晴輝にはわからなかった。

「嫌かどうかっていうより、慶月と一緒にいるんなら、ここにずっといるのが決まりなんでしょ？」

ただ、理解しているのは、慶月と一緒にいたければそうするしかないということだけだ。学校に通っているのは、今はそうしないと虐待だのなんだのを疑われてしまうからだ。

義務教育である中学校を卒業したら、恐らく晴輝は書類上、木藤家の使用人として働き始めたことになって、ここにいることになるのだろうと思う。

そのことを晴輝は特になんとも思っていなかった。

もちろん、今、自由に外に出ることができているので「外に出られない」状況を具体的に想像することができないだけかもしれないが、それが贅なのだし、大好きな慶月と一緒にいられるならなんでもよかった。

晴輝にとって贄という存在は、慶月と一緒にいられる人、という感覚なのだ。今はまだ正式な贄としての役目——つまるところのエッチだが——を果たせていないが、中学を卒業して、役目を果たせるようになったら、ずっと大好きな慶月の側にいられるのだと思っていた。

晴輝の返事に、

「……確かに、そうだな」

短く慶月は言ったが、何かを考えているような表情だった。

「慶月、どうかしたの?」

その顔に、晴輝は妙に不安を覚えた。

時々、慶月はそんな顔をする。

何を考えているのかわからない表情で、怖いのだ。

——けいげつ、ぼくをちゃんとみて——

子供の頃、不安でそう言ったことがある。

『ちゃんと見ているぞ』

すぐに笑顔を作って、膝の上に抱き上げられた。

いつも理由は言ってくれなくて、この夜もそうだった。

「なんでもない。そろそろ目を閉じろ。本当に明日、起きられなくなるぞ」

そう言うと慶月は仰向けに寝直し、先に目を閉じてしまう。

それを見やってから、

「……おやすみ、慶月」

晴輝はそう言って、目を閉じた。

――いつか、慶月が何を考えてるかわかるようになるのかな……。

早くわかるようになりたいなと思いながら晴輝は眠りに落ちた。

寝入った晴輝の気配に慶月は顔をそちらに向ける。健やかな晴輝の寝顔を見つめながら、慶月は悩んだ。

贄の役目は、この奥屋敷で慶月と共に、命の終わりまで過ごすことだ。その期間に長短はあれど、これまでのすべての贄は選ばれたその時から、そうしてきた。

晴輝の場合は、時代の流れのこともあり義務教育の間は普通の子供とそう変わらないように生活をさせると決まっているが、その時が来て晴輝をここに閉じ込めるのがいいことかどうか、慶月にはわからなかった。

大事で愛しい子だと思う。

だからこそ手元に置きたいと思うのと同時に、そうすることで慶月が好ましいと思う晴輝の何かを壊してしまいそうな気がするのだ。

ただの贄として見ることのできない相手を選んだ。

「おまえを贄に選んだのは、間違いだったかもしれないな」

慶月は自嘲気味にそう呟いた。

4

あっという間に二年が過ぎ、満開の桜が咲き誇る春が来た。

晴輝は、なぜか高校生になり、入学式の看板の隣に立ち、駆けつけた父親に携帯電話で撮影されていた。

「父ちゃん、俺の携帯でも写真撮って」

そう言って携帯電話を渡し、もう一枚撮影してもらうが、

——なんで高校生になってんだよ、俺。

そう思わずにいられない。

中学を卒業したら「贄」としての仕事というか務めを果たすことになるはずだったのだ。

それなのに、慶月には高校進学を勧められた。

理由は単純に、晴輝の成績がよかったからだ。

晴輝は中学三年の進路相談で就職希望と書き、就職先として木藤が手広く経営している企業の名前を書いておいたのだ。

だが、担任はとにかくもったいないと、進路相談を兼ねた三者面談の場で、保護者とし

て来てくれた木藤に力説した。

放課後に進学希望者（大多数の者がそうだ）のための特別補講を受ければ、県内有数の進学校に合格できる、と。

それは裕樹も通っていた高校で、木藤もそこまで優秀なら相談してみます、などと返事をしていた。

なお、木藤が三者面談に保護者として来たのは、父親が来ることができなかったことと、祖父の癌が再発して入院し祖母も忙しくしていたからだ。

晴輝が幼い頃から木藤家に預けられていることは教師も知っていた。

もちろん贄という立場も知っているが、贄については木藤家の者以外は「鬼神を祀る神社の神事を執り行う身」という認識だ。

晴輝はその作法を学ぶため、そして高齢の祖父母では三人の孫の世話をするには無理があるため木藤家に預けられていると思われていた。

そのため木藤が保護者として来るのはまったく問題がなかったのだ。

だが木藤が「相談する」と言ったのは晴輝にとっては意外でしかなかった。

一刻も早く、慶月の贄として役目を果たしてほしいと思っていると晴輝は感じていたのだ。

だから相談すると言ったのは教師の手前そう言っただけなんじゃないかと思ったのだが、

木藤は本当に慶月と相談していた。

慶月はあっさり、

「優秀で学ぶ機会があるのなら、進学をさせた方がいい」

などと言って高校進学を勧めてきた。

中学を卒業したら、贄としての役目が待っていると思っていた晴輝は戸惑ったが、「今は、高校まで進学するのが一般的なのだろう？　なら、そうした方がいい」

そう言われてしまった。

その状況で、もし進学しないと言った場合、今度は逆にどうして高校に行くのが嫌なのかと聞かれるだろう。

贄の役目が、と理由を言ったところで「急ぐ必要はない」とでも言われれば結局のところ従うしかないので、晴輝は高校進学に向けて勉強をすることになった。

志望校のＯＢである裕樹は、大学に進学して通学の関係上屋敷を出て一人暮らしをしていたが、週末ごとに帰ってきては勉強を見てくれた。

おかげで、晴輝は無事合格し、入学式を迎えたわけだ。

「慶月、これ今日の入学式の写真と動画」

入学式を終え、その報告も兼ねて父と共に入院中の祖父の見舞いに行ってから、屋敷に戻ってきた晴輝は自分の携帯電話を慶月に渡した。

ロック解除の番号は慶月も知っていて、慣れた様子で携帯電話を扱い、撮影した写真を見始める。

「かしこまった顔をしているな」

「そりゃ、一応はね……」

「後でプリントアウトして、またアルバムに貼らねばな」

見ながら慶月は言う。

奥屋敷には、これまでなかったプリンターが導入された。パソコンは携帯電話があるからまだいいだろうと先送りになったが、おかげで撮った写真はすぐにプリントされ、アルバムに収められてる。

「っていうか、写真、慶月の携帯に送るからそれじゃダメなわけ？　共有できるようにウェブに上げてもいいんだし」

晴輝は少し首を傾げて問う。

慶月も、携帯電話を持っている。慶月が欲しがったというより、晴輝が外に出ている時に慶月と連絡を取るのに欲しがったからだ。

「携帯で見るのとアルバムに貼るのはまた別だ」

慶月はそんなことを言ってくる。

相変わらず慶月は、晴輝の成長記録をアルバムに収めてくれていた。中学の文化祭、修

入学式

学旅行、そして先日の卒業式の写真も丁寧に貼られている。

「確かに見返した時にデジタルとはまた違う楽しさがあるけど」

そう言う晴輝の傍《かたわ》らで慶月は晴輝の携帯電話で入学式の写真を見続けている。

その目はもはやただの保護者でしかない気がする。

――贄の役目ってエッチの相手も含むじゃん？　慶月、俺相手に本当にそういうことすんのかなぁ……？

高校進学を勧められた辺りから、晴輝の中にはそんな疑念が湧いていた。

学校を卒業したら、と慶月は言った。

晴輝は中学を卒業したらだと思っていたが、慶月は最初から高校まで行かせるつもりだったのだろうかと思ったりする。

それとも、高校に進学したから、卒業まで待つつもりなのか、慶月が手を出す気配はさっぱりなかった。

「どういうことだと思う？」

ベッドに腰を下ろしてジト目をしながら問う晴輝に、五月の連休で実家に戻ってきていた裕樹は、机に置いたパソコンでゲームをしながら、

「なんで俺に聞くんだよ」

と呆れた様子で聞いた。

「だって慶月に直接聞くの恥ずかしいじゃん。なんで俺に手を出さないの？　とか聞いたら、なんか、俺が慶月にしてほしがってるみたいじゃん」

「違うのか？」

　問い返され、晴輝は言葉に詰まる。

「……その、別にしてほしいわけじゃないっていうか、慶月が嫌とかそういうんじゃないし、贄の役目だからしなきゃって思ってるわけでもないよ。慶月のこと好きだからそういう風になっても全然いいって思ってる。なのにさ、前の贄の人は俺の歳には、もうちゃんとした贄になってんのにって考えたら妙に焦っちゃって、なんでしないのかなって思うのと、裏を返せばいつそうなってもおかしくないってことなのかなって思うと、落ち着かないっていうか、覚悟的な感じっていうの？　それが必要っていうか」

　うまく説明はできないが、とにかく、いつ頃、というような目安的なものが欲しいのだ。

そしてその思いを裕樹は汲《く》み取ってくれたらしい。

「んー、晴輝が十六になんの、待ってんじゃないの？　高校生っつっても十五歳って聞いたらちょっと手ぇ出したらヤバい的な雰囲気ある」

　裕樹はそう言ったが、

「未成年な時点で、十六歳でもヤバいのはヤバいじゃん」

「まあそうだけどさ、とりあえずの目安ってことで」

適当だなと思ったが、確かに十五歳と十六歳の間にはなんとなく大きな隔《へだ》たりがあるような気がする。

「っていうか、おまえ、ちゃんと慶月様のこと好きなんだな」

改めて裕樹に言われて、晴輝はきょとんとする。

「当たり前じゃん。今さら言われるようなことじゃないと思うけど」

「おまえが慶月様のことを好きなのは昔っからわかってるけどさ、なんていうか親子とか兄弟とか、そういう感覚の方が強いと思ってたから。ましてや、慶月様は人じゃないわけだし」

「子供の頃から、慶月は俺にとって特別だったよ。親みたいっていっても親父とかそれこそ本気で親代わりしてくれてた木藤のおじさんとかとは違うし、兄弟みたいっていうのも本当の兄ちゃんとかヒロくんに対するのとも違ってた。ただ、その特別感が子供の頃はわかんなかっただけで」

贄という存在が、慶月にとって性的な対象でもあるとわかった時はそれなりに衝撃だった。だが、それを嫌だとは思わなかった。

晴輝の中で慶月は特別な存在だった。その「特別」がどういう意味のものか気づいたのは、贄の役目を知って、慶月のことをそういう存在として意識するようになってからのことだが、最初から慶月のことをそういう意味で好きになる対象として見ていたからだろうと思う。

幼すぎる一目惚れで、わからなかっただけで。

「なんか、それ聞いて安心した。まあ、十六歳までもうチョイ待ってみろ」

そう言って裕樹は笑った。

ただ晴輝の場合、誕生日が遅いので十六歳までかなり待たなくてはならなかった。

そして迎えた二月下旬。

無事に十六歳の誕生日を迎えたが、一向にそんな気配はなく、晴輝は貞操を守ったままで高校二年になった。

――ってことは、高校卒業するまでナシってことか？

あくまで推測だが、その可能性がかなり高い。

だが、推測でしかないので、なんとなく生殺しな感じがする。

将来的に慶月とそういうことをするんだと意識してしまっているので、何気ない慶月の仕草や視線で、ついうっかり年齢的にまだ読んではいけない本だのなんだの――成人ずみの兄がいる同級生の恩恵である――の場面を重ね合わせてしまう始末だ。

思春期ゆえの妄想の暴走である。

「晴輝、髪をちゃんと乾かせと言っただろう」

風呂上がり、タオルで適当に拭《ぬぐ》っただけで携帯電話でゲームに興じている晴輝に慶月は声をかけてくる。

「んー、このバトル終わったら乾かす」

「すぐに終わらないだろう」

慶月は言うと、さっさとドライヤーを準備して晴輝の髪を乾かし始める。

幼い頃から晴輝の世話をしてきた慶月は慣れたものだ。

丁寧に髪を乾かしながら動く指が、耳に触れる。その感触に晴輝の手が少し震えた。

髪を乾かす、という作業途中のいわばなんの意図もない触れ方でしかないのに、指の動きが生々しく思えた。

意識してしまうからか襟足を乾かすために首筋に触れられた時はあからさまに肩が震えた。

「どうした？」

「……くすぐったい」

感じたとは、とてもじゃないが言えないので、一番近い言葉に置き換える。

「少し我慢しろ」

慶月はそう言うとドライヤーを動かし続け、綺麗に乾かした後、ブラシで梳《と》かしつけた。

「これでいい。俺が風呂から上がるまでは大目に見てやる」

ドライヤーをしまいながら慶月は言い、風呂に向かった。

慶月が確実に風呂に行ったのを確認してから、晴輝はゲームを中断して携帯電話を置くと、中途半端に昂《たか》ぶった自分の下肢を見た。

「……最悪」

慶月はただ髪を乾かしてくれただけなのに、自分がとんでもないエロガキになった気がしてしまう。

いや、実際そうなのだ。

うっかり妄想で昂ぶってしまった時は、慶月にばれないようにこっそりトイレで抜いている。

だが、トイレは風呂の隣だ。

今、風呂には慶月がいる。

——トイレ行った方がばれる確率高いよな……。

とはいえ、自然鎮火を待つのもつらい。

——今のうちに手早くちゃちゃっとすませよ。

晴輝はそっとパジャマのズボンごと下着を押し下げて自身を取り出した。そして手で扱《しご》き始める。

脳内妄想のおかずは、友人宅で見たその手の本のシーンを慶月と自分に置き換えたものだ。もちろん、男女カップルで描かれていたものだが、思春期の妄想力の前では置き換えくらいたやすい。

『もうこんなに濡らして』

『ここが一番いいんだろう』

男女カップルの男のセリフがすべて慶月の声で蘇《よみがえ》る。

「っ…あ、ぁ」

堪え切れない声が漏れる。

ゆるく扱いているだけなのに、先端からは蜜が滴《したた》ってしまう。指に絡んだそれのせいで手の動きは淫猥《いんわい》になり、晴輝はもう片方の手で蜜を漏らす先端の縦目をそっと擦る。

「ん……っ、ぁ、あっ」

『とろとろだな』

敏感な場所は少し触れただけでも強い刺激を孕《はら》んで、さらに濃い蜜を漏らす。

「……ゃっう、んっ」

握り込む手に力を込めて、先端を丸く擦る。

手は両方、蜜に塗《まみ》れてもうドロドロだ。

扱くたびにぐじゅぐじゅと濡れた音がして限界が近づいてくる。

「…っ、…あ、いっァ、っ」

急激に訪れようとする限界に晴輝はティッシュを引き抜くと、それを自身の先端に押し

当てた。

「あ…も、ぁっ」

ビクビクっと体を震わせ、晴輝は達した。

かぶせたティッシュの中に蜜が吐き出されていく。そして射精が終わった途端《とたん》、訪れるのはいわゆる賢者タイムと呼ばれる我に返る時間だ。

「……さっさと始末しなきゃ」

けだるい体を叱咤《しった》して、もう数枚ティッシュを引き抜き、蜜塗れの自身や手を綺麗に拭った。

このままゴミ箱に捨ててしまうと匂いでばれるので、小さめのビニール袋に入れて口を縛り、食事をする方の部屋のゴミ箱の、底の方に捨てる。

それから、特に行きたいわけではないがトイレに行った。そして、トイレ内の手洗いで手を洗うと、再び寝室に戻ってきた。

「……匂いとか、しないよな…？」

今いち不安だが下手に何か匂いのするもの——たとえばコロンなどの類《たぐい》——を使うのは怪しい。

それでも何か匂いのするものでごまかした方がいいかもしれないとも思った晴輝は、お菓子箱の中から個包装のせんべいを取り出し封を切った。

せんべいはわりと匂う。

そしてせんべいなら、

「なんかおなか空《す》いたから！」

で言い逃れができる。

そんな姑息《こそく》な手段を取っていると、慶月が風呂から戻ってきた。

湯上がりの濡れ髪で浴衣姿の慶月はやたらと色気があると思う。

「……なんの匂いだ？」

部屋に入ってすぐ慶月は聞いた。

「せんべいかな。さっきおなか空いて一枚食べた。慶月も食べる？」

何気なさを装って言う。

「いや、いらぬ。寝る前にもう一度歯を磨いてくるんだぞ」

慶月は子供に言い聞かせるように言って、髪を乾かし始める。

とりあえずせんべいの匂いでごまかしが利《き》いたことに安堵して、

「歯磨きし直してくる」

そう言って晴輝は再び洗面所へと向かった。そして歯を磨き直したついでに、手を石けんで洗い直す。

――うっかり妄想しないように気をつけないと……。

ばれたら気まずい以外の何ものでもない。

もちろん慶月とは、いつかそういうことを致すことになる関係なわけだが、自慰につい
て知られたいわけではないのだ。

晴輝が寝室に戻ってくると、慶月は髪を乾かし終わっていた。

「歯は綺麗に磨き直したか？」

「うん、磨いた」

「夕食をあれだけしっかり食べておいて、まだ足りぬとはな」

苦笑する慶月に、

「だって育ち盛りだし」

晴輝は笑いながら返す。

「育ち盛りと言うわりに細すぎる。背もそろそろ伸び止まりそうだな」

慶月の言葉通り、晴輝は食べるわりに肉がつかなかった。身長も百七十センチを前にし
て、高校入学時の測定から一年ぶりの測定では足踏みという結果である。

「嫌なこと言わないでよ。あと二センチちょいなら頑張れるって信じてるんだから」

晴輝はそう言って唇を尖らせる。

「どう頑張るのかはわからんが……勉強同様、まあ励め」

慶月の言葉に、

「勉強の方が結果出やすいから励みやすいんだよね。あ、この前の世界史の小テスト、クラスで一番だった」

晴輝はドヤ顔で言う。

「よくやった。ライバルの原沢君《はらさわ》とはその後どうだ？」

原沢というのは一年の時に同じクラスになった生徒で、二年でもまた同じクラスになった。共に得意科目が違うのだが、総合得点で常に競っている。

かといって別に仲が悪いわけではない。

何しろ、晴輝たちに年齢制限のあるいけない本の恩恵を与えてくれるのが彼なのだ。

「もうすぐ中間試験だから、そこで追いつく予定」

一年の一学期二学期の中間と期末、そして三学期の期末と五回のテストは、晴輝の二勝三敗だ。

だが、次に追いつけるよう頑張っている。

「あ、慶月に原沢の家で撮った写真って見せたっけ？　原沢の家の猫が超可愛いの」

晴輝はそう言って携帯電話を手に取ると、その写真を呼び出して見せる。

「三毛猫か……メスだな」

「え、なんでわかんの？」

言い当てた慶月に晴輝は驚く。

「三毛猫のオスは滅多《めった》にいないからな」

「そうなんだ？　初めて聞いた。……原沢んち、猫がいなくなったことがないんだって。大抵、二匹、家に必ずいるって言ってた。どっちかが死んじゃって一匹になったら、絶対にどこからか一匹、迷い込んできたり、知り合いにもらってくれって頼み込まれたりして、家に来ることになるんだって。そんなことってあるの？　それとも偶然？」

問う晴輝に、

「そういう血筋の者は確かにいる。ただ、自分たちの血筋はそうだと本人が強く信じることで引き寄せているということも充分あるがな」

慶月は言う。

「そんなもんなの？」

「ああ」

「じゃあ俺、宝くじ当たりやすいって信じとこうかな」

晴輝が笑いながら言うと、

「そんなものが望みなら、すぐに叶えてやれるぞ」

大したことじゃない、というテンションで言ってくる。

「え、ホントにそんなことできんの？」

にわかには信じられなくて聞き返す。

「『贄』の望みを必ず一つ、叶えてやるのも契約のうちだ」

さらりと言われて、晴輝は慌てる。

「え、ちょっと待って！　一つだったらもっと真面目なの考える。っていうか、俺ちっちゃい時からいっぱい願い事っぽいのしてるじゃん？　あれは数のうちに入んないの？」

あれこれ我儘を言ってきた自覚はある。

木藤は「晴輝ほど奔放な贄はいなかっただろう」と苦笑するほどだ。

「ささやかすぎて願い事に数えるほどではない」

「あー、じゃあ、考えとく。思いついたら言うって感じでいい？」

晴輝の言葉に慶月は頷くと、

「そろそろ布団を敷いてくれ」

そう言い、晴輝は押し入れから布団を出して敷き始める。布団を敷くのだけは、最近晴輝の仕事になった。

朝、しまうのは晴輝が登校準備ギリギリまで寝てしまうこともあって、慶月の担当だが、ちゃんとした贄になったら、しまうのもやろうと思っている。

布団をいつも通りぴったり並べて敷いて、晴輝が布団の中に入ってから慶月が電気を消す。

おやすみ、といつもの流れで言いかけた晴輝だったが、ふっと気になったことがあって慶月を見た。

「俺、そういえば慶月の昔のこととかあんまり聞いたことない。何か教えてよ」

一緒に暮らし始めてから、慶月は晴輝の話はよく聞いてくれたが、自分のことをほとんど話さなかった。

晴輝も、慶月が一緒にいてくれれば満足だったので、特に聞きたいとも思わなかったのだが、なんとなく気になった。

「面白い話は何もない」

「面白くなくてもいいからさ……、あ、慶月ってなんでここで暮らし始めたの。もともとこの近くっていうか神社のとこに住んでたとか?」

昔話にはよく鬼が出てくる。

だから本当に昔は鬼が人里離れた場所に住んでいたのかもしれないと思う。

「……いや、俺は神域にいた」

「神域?」

「この世とはまた違う世界だ。俺たちのような存在はそちらとこちらを行き来することができる」

「じゃあ、こっちに出かけてきた時に木藤のご先祖様と出会った、的な?」

それがきっかけで木藤を守護することになったのだろうかと思う。だが慶月は晴輝が思ったのとは随分と違う理由を話し出した。

「千年ほど昔の話だ。名を上げようとした術者がいた。そいつが俺を神域から呼び出し、殺そうとした」

「え…、慶月が何か悪いことをしたとか、そういうんじゃなく？　何もしてないのにってこと？」

「ああ。俺の首を朝廷に差し出して士官しようとしたんだろう。術者は倒せたものの、俺も深手を負った。それを助けてくれたのが木藤の遠い先祖だ」

「……私利私欲のために何もしてない慶月を殺そうとか。その術者最悪、死ねって感じ」

本気で怒った様子を見せる晴輝に慶月は微笑んだ。

「怒るな、もう死んでる」

「そうだけど、マジで最悪」

はるか昔の、自分に関係のないことを本気で怒る晴輝が慶月は可愛くて仕方がなかった。

「その頃木藤は貧しい山の民でしかなかった。家族でさえ食うものに困っているのに、家に匿《かくま》い手厚く看病をしてくれた。俺は傷が癒えるまで世話になる代わりに木藤を守ると契約をしたんだ。その後、傷が癒えてからも子孫たちを守ってほしいと言われ、対価として自分のできる範囲で俺の望むものを差し出すと言ってきた。それで俺は、自分と共に生きてくれる者をと頼んだ。……木藤の家の者のことは気に入っていたし、守るに値する者たちだと思っていたからな」

「それが、贄?」

「いつ頃からか、そう呼ばれ始めたな。最初は側役、伴侶、そんな風にも呼ばれていたが」

贄は木藤本家の中から選ばれていた。だが、本家の後を継ぐ者が少なくなり血が絶えることを防ぐためと、木藤が財を蓄え一族が大きくなるに従って分家にあまり力を持たせないようするためもあって、贄は分家から出すのがしきたりになった。

それで分家から文句が出たかと言えばそうではない。

分家は贄を自分の家から出すことで、本家に次いで恩恵を受けることができたため、積極的だった。

むしろ次の贄はうちから出すともめる有様で、やがて持ち回りになった。

「今と違って、贄になれば本当に俺とほぼ二人きりだ。異形の存在に仕え続けるということもあっただろうが、心を病む者もいた」

「……俺を外に出してくれるのは、そういう人がいたから?」

晴輝が問う。

「一番の理由は、時代の流れに合わせる必要があったからだ」

慶月は簡単に返してくる。

「でも、それは義務教育まで受けさせてれば文句言われないっていうか大丈夫な感じじゃん。俺を高校にまで行かせてんのは、やっぱ俺がおかしくなるかもって思うから？」

「いや……。外の世界をあまり知らぬ子供のうちに贄になっても、外の世界を知った後、随分と成長してから贄となっても、どちらの場合も病む者はいたからな。晴輝の場合は……おまえの才能を惜しんだだけのことだ。だからよく学べ」

それに晴輝は頷く。

「勉強はちゃんとしてるけどさ……、慶月と一緒にいて病むってなんでだろ？　慶月は優しいし、ここにいる限りはご飯の心配もしなくていいわけじゃん？　……あー、今みたいに時間を潰せる娯楽が少ないから暇を持て余して病んだりとかってことかなぁ」

慶月と一緒にいることが晴輝にとっては、もうあまりに普通のことすぎて、どうもかつての贄たちの不満がピンと来ない。

むしろ、今の晴輝にとっては「慶月のいない生活」の方が不満だらけになることだけはわかる。

「時間を持て余すというのは、あっただろうな。食事を運んでくる木藤の当主と俺以外とは会うこともない。外の世界を水晶玉に映し出して見せてやることはできても、映される者と交流をすることはできず……寂しさを募らせる者もいたし、無為に過ごしているむなしさはあっただろう」

「でも、退屈なのは慶月だって一緒じゃん」

晴輝は言ってから、

「その贄の人たちも、慶月に何か願い事した？」

どんなことを願ったのか気になって聞いてみた。

「ああ」

「どんなこと？」

「大抵は、残してきた家族の健康と幸せだ。……だが、中の一人は時間をかけていいから木藤の分家すべてを絶やしてくれと願ってきた」

慶月の言葉に晴輝は驚いた。

「え…、なんでそんなこと……」

「その贄には、将来を約束した相手がいた。だが、先代の贄が急死したせいで、贄とならねばならなかった。分家だけが贄を出すことを不満にも思っていたのだろう。分家が絶えれば本家が贄を出さねばならない。そうなればいいと願った」

その願いは成就した。木藤はもはや本家が残るだけになり、先代の贄は本家の二男だった。

本家も今の当主も一人っ子なら次代の裕樹も一人っ子で贄を出すことはできず、神社の

――鬼頭《きとう》神社の氏子の家から選ばれることになり、慶月の目に留まったのが晴輝だったのである。

説明を聞いて、晴輝はどう返していいかわからなかった。

好きな人と引き離されて、慶月の贄になる。それはつらいことだっただろう。恨みたくなる気持ちもわかる。

自分に置き換えれば、慶月から引き離されて、別の鬼のものになるようなものだろうと思うからだ。

けれど、それと同時に晴輝はそんな贄と暮らさなければならなかった慶月のことがどうしても気になった。

「慶月は、その贄の人と、仲良くなれたの……？」

晴輝の問いに慶月は少し笑う。

「仲良く、か……。最初のうちは難しかったが、二人しかいなければ日に一言二言でも話すことになる。普通に話すようになるのに三年ほどかかったか……」

「贄としての仕事はちゃんとしたの？　その人も」

他に好きな人がいて、それでも慶月に身を任せたのだろうか。

そう思うと、少し嫌な気持ちになる。

晴輝は慶月のことしか見ていないのに、まだちゃんとした贄にはなっていなくて、他に好きな人がいたというその贄は普通に贄になったのだとしたら。

——なんか、面白くないっていうかさ……。

多分、嫉妬《しっと》なんだろうと思う。

贄は特別な存在のはずなのに、自分が慶月の特別になれている感じがしなくて。

しかしその問いに慶月は意地悪く唇を片方だけ上げて笑った。

「下世話なことを気にするな。……また一人で抜くことになるぞ」

「は……？　え？　抜く、え？」

思ってもみなかったことを言われて晴輝は慌てる。

「俺がいない時一人でシただろう」

まさかばれていたと思わなかった晴輝は真っ赤になった。

「ちょっと、なんで」

「気付かないわけがないだろう。せんべいの匂いでごまかせると思うな。まあ、晴輝は若いからな」

「慶月最低！　バーカ、バーカ！」

恥ずかしさから晴輝は慶月を罵《ののし》る。

まったくの八つ当たりだが、慶月は笑っていた。

「これ以上いろいろ恥ずかしいことを暴露されたくなかったら、もう寝ろ」

——どこまで、何知ってんの？

気になるが怖くて聞けない。

晴輝は頭の上まで布団をかぶった。

その様子に小さく慶月が声を漏らして笑ったのがわかったが、しばらくの間晴輝は無視を決め込んだ。

だが、五分ほどしてから、布団から顔を半分だけ覗かせると、

「……明日、学校の帰りにじいちゃんの見舞いに行くから、帰るの遅くなる」

そっと告げた。

祖父は、何度目かの入院中だ。癌が三か所に転移していて、恐らくこれが最後の入院になるだろう。

「助けはいるか？」

静かに、慶月が聞いた。

「ううん、大丈夫……、この前言った通りでいいよ」

これまでの祖父の入院費はすべて木藤家が出してくれていた。高額医療なども木藤のおかげで受けさせることができていた。

晴輝が贄だからだ。

そして慶月はこれまで、もう少し生きたい、という祖父の望みを叶え、「たまたまその

手術のエキスパートが祖父の入院中に技術継承のために短期赴任し、祖父の手術を成功させる」だの「抗癌剤が副作用もなく奇跡的な効き方をした」というような奇跡を起こしてくれていた。

祖父母は「木藤に鬼の守り神がいる」というのは、伝承としか思っていなかったのだが、晴輝が「慶月が今度も、望むなら助けるって言ってくれてる」と伝えた時に、初めて鬼が実在していることを知った。

今回入院した時も同様に、要望を聞いたのだが、祖父は「もう充分生きたからかまわない」と、これ以上の延命は望まなかった。祖母もそれを受け入れたが、晴輝と二人きりの時に、

「苦しまないで、逝けるようにお願いしてもらえんじゃろかね」

と呟くようにして言ってきた。

それを慶月に伝えると、ただ黙って頷いた。

そして、晴輝が見舞いに行った翌週、静かに、本当に眠るように穏やかに祖父は息を引き取った。

晴輝たち家族は、遠方に住む父親も含めて全員で看取ることができた。

それから通夜と葬儀、骨上げがすむまで晴輝は祖父母の家で過ごした。高校も、二日間は忌引きで休めたし、三日目は自主的に休んだ。

骨上げの後の初七日の法要――この集落では骨上げの後にすませてしまう家が多い――を終え、晴輝は奥屋敷に戻ってきた。

「慶月、ただいま……」

晴輝が帰ってくると、ビーズクッションに身を預けていた慶月は立ち上がり、晴輝へと歩み寄っていつものように「おかえり」のハグをした。

「よく戻った。疲れただろう」

いつもの温かい腕と優しい声に、急に晴輝の目から涙があふれた。

「……っけい、げつ…」

「よく頑張ったな」

労《いたわ》られて、もう涙が止まらなかった。強く抱きしめられた晴輝は、途中からビーズクッションに戻った慶月の膝の上に抱っこされ、しゃくり上げて泣いていた。

どうにか嗚咽《おえつ》がやみ、少し落ち着いてから、晴輝は慶月に体を預けて、ぽつりぽつり、まだ鼻声で話し始めた。

「じいちゃんが死んでから、ずっと泣けなかった……。みんなは泣いてたけど、俺、姉ちゃんや兄ちゃんみたいには一緒にいなかったから……。そんな俺が泣くのは反則みたいに思えて、泣いちゃいけない気がした」

「……そうか」

「うん…。でもさ、みんな、じいちゃんに充分な治療ができたのは、俺が贄になったからだって、おまえのおかげだって言ってくれるんだ。けど、俺、別に慶月と一緒にいるのが嫌だったわけじゃないし、むしろ慶月と一緒にいたくてじいちゃんとばあちゃんに会いに行く時間が減ったっていうのもあるから……むしろ罪悪感の方が大きくて、余計に泣けなかった」

多分、みんなは「慶月と共にいること」が贄の役目だと言ってくれるだろう。

でも、役目だから慶月の側にいたわけじゃない。

慶月が好きだから側にいたかったのだ。

そんな自分を、勝手で、薄情な孫だと思う。

だから、他の家族のように泣くのは違うと思った。

「でも、やっぱり、俺のことずっと知ってくれてた人がいなくなるのは、寂しいって思って……」

「それは当たり前だろう」

そっと慶月は言う。

「慶月は……もうずっと、何人もの贄の人を、こうやって見送ったんだなって思うと、それもたまらなくなる…」

慶月に寿命があるのかどうかは知らない。

けれど千年の間、身近に置いた存在を何人も見送って、一人残される。それは、祖父を見送った寂しさの、一体何倍の孤独だろう。

「晴輝……」

名を囁《ささや》いて、慶月は晴輝を強く抱きしめた。

そして慰めるように額や頬に触れるだけの優しいキスを繰り返す。

その唇が、初めて晴輝の唇に重ねられて——一瞬触れて離れた後、再び重なった時にはそれは深い口づけに変わった。

突然のことで閉じ切れない晴輝の唇のすき間を押し広げるようにして、慶月の舌が入り込んでくる。

そしてわけのわかっていない晴輝の舌を搦《から》め捕《と》って、甘く吸い上げる。

「……っ、う…」

鼻から抜けるような甘い声を漏らす晴輝の背中を優しく撫《な》でながら、再び晴輝の口の中に舌を押し込んだ慶月は、すべてを暴《あば》くように晴輝の口内を蹂躙《じゅうりん》する。

飲み込めない唾液が唇の端からあふれていく。

テレビや漫画くらいでしか見たことのない大人のキスに、晴輝は対応できないまま、ひたすら受け身でされるがままだ。

どのくらい長く口づけられていたのかわからない。

ほんのわずかな間の気もするし十分以上していたような気もするくらい、パニックに陥《おちい》った晴輝は時間経過もあやふやで、唇が離れた時には意識が半分蕩《とろ》けかけていた。

その晴輝を抱きしめ直し、慶月は子供をあやすように背中をぽんぽんとゆったりとしたリズムで叩く。

優しく刻まれるリズムを感じているうちに、この三日、あまり眠れていなかったこともあって、晴輝はそのまま慶月の腕の中で寝落ちした。

5

すっごいキスをされてしまった。

翌朝、普通に布団で——慶月が運んでくれたに決まっている——目を覚ました晴輝が、昨日のことを思い出して最初に抱いた感想はそれだ。

大人しかしないようなキスは、とにかくすごかった。

子供の晴輝にはすごいとしか言いようがなくて、慶月とどんな風に接していいかわからなかったし、慶月の顔をまともに見ることができなかったのだが、それに反して慶月はまったく普通だった。

まるで何事もなかったように、本当に普通なのだ。

そうなると、晴輝も妙な意地を張ってしまい、行ってきますとただいまのハグはもちろん、最近はしないことも増えていたおやすみなさいのチューまで復活させて、いつも通りにしてやった。

それでもやはり慶月の対応は変わらなくて、晴輝の中にはモヤモヤが山のように積もっていた。

——どういうこと？　まさか夢だったとかそういうオチ？

いや、そんなはずはない。

だが、確認するのはヤブヘビでしかないので聞けなくて、悶々《もんもん》とするしかなかった。

そんな悶々としたまま迎えたある週末、晴輝は裕樹の運転する車で街のショッピングモールに出かけた。

大学三年になった裕樹は、昨年までと違って履修する科目が少なくなってきたこともあって、以前より頻繁に屋敷に帰ってくるようになっていた。

特に買いたい物があったわけではなかったので、裕樹の買い物に付いて回りつつ、気になるものを見て回る。

二時間ほどうろうろして、二人はフードコートで飲み物と軽食を買って休憩を取ることにした。

「ヒロくん、わざわざこっちで買い物しなくても、一人暮らししてるとこの方がいろいろ店あるんじゃないの？」

買ったコーラを飲みながら晴輝は言う。

「あるけど、落ち着いて買い物できないんだよ。あと、人多すぎて疲れる」

「あー、それはあるかも。去年の夏休み、ヒロくんのとこ泊めてもらったけど、電車とか人多すぎ。あんなに長い車両編成なのに激混みってどういうこと？」

一時間に二本、朝の通勤通学ラッシュ時以外は二両編成で充分事足りるローカル線で育った晴輝には衝撃的な人口密集率だった。

「あー、狂気の沙汰って思うよな。俺は慣れたけど、やっぱこっちに早く戻りたいって思う」

そう言って裕樹が笑った後、会話は自然に途切れた。でも気づまりではない。

それぞれ買った軽食を食べ、少ししてから、晴輝は言った。

「このまえ、慶月にちゅーされた」

雑に切り出した晴輝に、

「いや、普段からいちゃついてるじゃん」

裕樹は特に動じることなく返してくる。

「いや、ほっぺとかおでことかでなく、マジガチのすんごいやつ」

「へぇ。とうとう純潔を散らす時が来たか」

笑いながら裕樹は言う。

晴輝と慶月の間にまだ何もない――ナチュラルにいちゃついてはいてもそれは親愛という意味合いの方が濃い――のは裕樹も知っていた。

晴輝も高校二年生だ。

世間的にはまだ未成年のくくりで問題はあるが、まあそろそろ頃合いだろうと裕樹も納

得しているのだが、

「それっきり、なんの気配もないんだけど、どういうこと？」

晴輝は眉根を寄せて、問いつめるようにして裕樹に聞いた。

「知らねえよ。なんで俺に聞くんだよ、本人に聞けよ」

もっともな答えを返したが、晴輝がそれで引き下がるわけがなかった。

「聞けたら悩まないし！　だって前の人って十四、とか十五とかだったわけじゃん？　もしかして、もはや今の俺は育ちすぎて慶月のストライクゾーンを完全にそれてる可能性もあるってわけじゃん。っていうかその可能性、高いじゃん？　それになんていうか俺ってフェロモン的なもの皆無っていうか？　それって正直やばくない？　ネットでよく見かけるフェロモン香水的なもの買った方がいい？」

真剣な顔で斜め上にずれていく悩みを口にする晴輝に、

「なあ、昼間のフードコートでそういう話すんのやめてくれないかな。マジで頼む」

裕樹は静かに言う。

確かに親子連れも多い週末昼間のフードコートでする話ではない。

「ごめん」

謝りながらも晴輝は唇を尖らせる。

自分の非を認めつつも、感情が落ち着いていない時の晴輝の癖だ。

子供の頃から変わらない、そんなところが可愛いと裕樹は思う。多分、慶月もそう思っているだろう。

「まあさ、慶月様なりの考えがあるんだろ？　これまでの経験でいろいろと思うところもあるんだろうし」

千年以上、多くの贄と過ごしてきた慶月だ。

「人の子」とはどういうものかよく知っている。知っているから考えすぎるところもあるのかもしれないと裕樹は思っている。

特に晴輝はこれまでの贄と随分と違うらしいので、慶月も手探りなのかもしれない。

「それはそうかもしれないけどさー」

そう言いつつも、ここで続ける話題ではないことはわきまえたらしく、晴輝はそれ以上慶月のことは話さなかった。

休憩をした後、もう少しモールの中をぶらぶらして、二人は帰ることにした。

帰りの車内でも、特に話題はない。ラジオから流れる曲に耳を傾けていると、不意に裕樹が口を開いた。

「俺、晴輝が贄に選ばれた時さ、正直、可哀想だって思ってた」

「え？　そうなの？」

初めて聞く裕樹の本音に晴輝は目を見開く。

裕樹は木藤家の唯一の跡取りとして幼い頃から慶月のことを聞かされていたし、次代当主として慶月と会ったこともあった。

当然、当時まだ生きていた先代の贄とも会っていて、贄という者がどういう存在かも教えられていた。

贄に選ばれた者を出した分家は木藤本家から丁重に扱われたし、慶月からの恩恵も受け、その贄が生きている間は栄えた。その後は努力次第ではあるものの、どの分家も贄を捧げた恩恵で栄えたのだ。

ただ、贄自身はどうだったのだろうと思う。

慶月が快適に生活できるように、奥屋敷は趣《おもむき》のある造りになっている。不便のないよう、適宜改築も行われてきた。

それでも、そこは箱庭でしかない。

家族から切り離され、接する人間は限られて、そのストレスから早逝《そうせい》した者も多い。

何代か前の本家当主が古文書を調べ、十代や二十代で贄になった「外の世界に馴染んだ者」ほど早く死んでいることに気付き、「外の世界をあまり知らないうちに贄にする方がいい」との考えに至った。

それ以来、神の内とも言われる七歳以下の幼子《おさなご》をということになったのだ。

「先代の贄さんとは、何回か親父に連れられて奥屋敷へ入った時に会ったことあるけど、すっごい物静かな人だった。そういや、百歳近かったけど二十代くらいにしか見えなかった」

「え、ほんとに?」

晴輝は驚く。

「うん。慶月様の恩恵だって親父は言ってたんだけど。なんていうか捉えどころがないっていうか、いつ会っても微笑んでるんだけど感情が読み取れないっていうか。やっぱ外の世界をほとんど知らないで閉鎖空間にいたら、そうなるのかなーって漠然《ばくぜん》と思ってた」

衣食住に困ることのない安泰な生活は保証されている。

それでも、あの綺麗な箱庭の中だけで暮らすことは「幸せ」だったんだろうかと、裕樹は思った。

「先代が亡くなった時、もう木藤は本家しかなくなってたから鬼頭神社の氏子からってことになった。それにもともと氏子の大半は分家だったし、集落、過疎ってるから子供っていっても限られてて、そん中に慶月様の気に入る子供はいなくてさ」

木藤の血筋から出していた時は、慶月はただ捧げられた贄を受け入れるだけだった。

しかし木藤の血ではない者をとなった今回、初めて慶月が自分から選ぶことになったのだ。

だが気に入る子供はおらず、贄の空位が四年続いていた。

「正直、慶月様の気に入る贄がいないなら、もういいじゃんって思ってた。贄を捧げてまで木藤の家を守るってのも歪《ゆが》んでる気がしたし。そう思ってたら、晴輝が集落に越してきて贄に選ばれて、親父とかばあちゃんとかは喜んでたけど、俺はめちゃくちゃ微妙っていうか、なんとも言えない気持ちだった。そりゃ、学校に通わせるとかそういうことは決まってたけどさ、親元から離されて、見た目にはっきり『鬼』ってわかる慶月様とずっと一緒に暮らすのって、不安じゃないかなーって心配してた」

四つも年下の幼稚園児が、だ。

裕樹はもし自分だったらと思って、晴輝に深く同情していた。

「けど、慶月様見ても、全然怖がらなかったっていうし、むしろ興奮してすんなり懐いたっていうし、実際に晴輝と慶月様がいるとこを見たら、普通に親に甘えるみたいに我儘言うし、駄々捏《こ》ねるし、慶月様相手に『甘えたらなんとかしてくれる』って思ってるとこが、めちゃくちゃ頼もしかった」

裕樹のその言葉に晴輝は首を傾げる。

「さっきまでちょっといい感じだったのに……褒められてんだよな？　俺」

「褒めてる。めっちゃくちゃ褒めてる。慶月様も、これまでと違うニュータイプな贄が楽しかったみたいだし。まあ、ばーちゃんは、晴輝の行動が目に余るって言って慶月様が怒って木藤との約定を反故《ほご》にするんじゃないかって気が気じゃなかったみたいだし、親父もハロウィンの時に『あ、終わったかもしれん』って思ったらしいけど」

　そう言いながら裕樹は笑う。

「ハロウィンは楽しかったからいいじゃん！　慶月だって楽しかったって言ってるし」

　晴輝は拗《す》ねた口調で言った後、

「ああ、でも俺のこういうとこか……」

　呟いた。

「こういうとこって、なんだよ」

「いや、なんていうか、ちょっと子供っぽいとこあるじゃん、俺」

「ないとは言わないけど」

　むしろ盛大にあるが、裕樹はそこまでは言わなかった。

「だからさ、『甘えたらなんとかしてくれる』と思ってる子供だった頃の俺が、未だに慶月の中で継続してるから、手を出してこない的な感じなのかなって思って」

　腕組みをして、真剣な顔で言う。

　真剣な顔をしているが、悩みの中身は「一緒に住んでる彼が手を出してこないんです、私が子供っぽいのがいけないんでしょうか？」と初エッチの相談である。

　弟のように思っている晴輝からされるにはなかなか生々しい相談に、裕樹は半分くらいは仕方ないと思いつつも、残り半分くらいはできれば勘弁していただきたい気持ちにもなる。

「慶月様がどう考えてんのかはわかんないけどさ、晴輝がそこが原因かもって思ってるんだったら、もう子供じゃないって迫ってみたらいいじゃん」

ゆえにアドバイスは多少無責任なものになる。

そしてそのアドバイスを受けた晴輝は木藤の屋敷に帰り着き、車から降りると一目散に奥屋敷を目指して走っていった。

その様子を裕樹は笑いながら見送った。

しかし、奥屋敷に慶月の姿はなかった。

それは別に不思議なことではないし、特に不安になることでもない。

ここにいない時、慶月は神社にいるのだ。

とはいえ、意気込んで帰ってきたのに完全に出鼻をくじかれて、晴輝はため息をつく。

「もー、肝心な時に！」

こういうのは勢いが大事だと晴輝は思っている。

というか、考えすぎたらよくわからない方向に行くのが自分だとわかっているのだ。

仕方ないので、できるだけテンションを保ったままでいようと努力をしたが、結局慶月が戻ってきたのは夕食前で、夕食を食べて一息ついた頃には、勢いは完全に削がれていた。

――なんか、一回クールダウンしちゃった分、きついなぁ……。

そんな風に思ったものの、慶月が何を考えているのかわからない今の状態が続くのは精神的によろしくない。

「よし！　初志貫徹《しょしかんてつ》！」

風呂の中で晴輝は自分に言い聞かせた。

晴輝が風呂から上がると、入れ替わりで慶月が入る。

本当は慶月が先に入るのが正しいらしいが、

『学校があるのだから先に入れ』

と慶月に言われて以来、晴輝が先、というのが続いている。

もっとも十歳前くらいまでは慶月と一緒に入っていたのだが。

晴輝は敷き終えた布団の上に座って、慶月が上がってくるのを待った。

――はーやーく！　心が折れないうちにはーやーく！

胸の中で呪文のように唱えていると、慶月が戻ってきた。

「もう、敷き終えていたのか」

いつもはもう少し後、本当に眠る前になって敷く布団がすでに敷かれているのに、珍しい、といった様子で慶月が言う。

「うん、ちょっとね」

そう返しながら、晴輝は切り出すタイミングをはかる。

慶月の髪はまだ乾かされていない。

――乾かすの待ってからの方がいいよな。

そう判断して、晴輝はとりあえず時間を潰すために携帯電話を手に取り、無駄に動画を見たりする。

そのうち慶月がドライヤーを使い終えた気配がした。

ドライヤーを定位置に戻した慶月が、自分の布団に腰をおろす。そして自分の携帯電話に手を伸ばしたところで、晴輝は動画を止めて携帯電話を置いた。

「慶月あのさ」

切り出しかけただけで心臓がバクバクし始めた。

「なんだ?」

対する慶月は、まったくもっていつもと同じだ。まあ、晴輝が勝手に意気込んでいるだけなので何も知らない慶月が普通なのは当たり前だが。

「そのなんていうかさ……、俺、こう見えても『贄の覚悟』みたいなの、ちゃんとできてるから」

そう言った晴輝に、

「今も充分、贄として側にいてくれていると思っているぞ」

慶月はさらりと返事をする。

それはいつもと同じで、このままごまかされるパターンだ。

そう踏んだ晴輝は、いつもよりもう少し踏み込んだ。

「そうじゃなくってっていうか、そうじゃなくもないけど、あのさ、だから、食べられる覚悟はあるっていうか、その、性的な意味で！」

踏み込んだわりに言葉がうまく纏まらなくて、わりと散々な言い方になったことは自覚する。

そして案の定、

「いきなり何を言い出すかと思ったら……」

慶月は笑いながら言った。

「いや、だってそういうこと、じゃん？」

晴輝は顔を真っ赤にしながら言う。

そんな晴輝の頭を慶月は笑いながら、子供にするように撫でてくる。

それが今はなぜか無性に腹が立った。

確かに言い方はひどかったと思うが、ちゃんと覚悟をして言ったのに、結局子供扱いしかしないのだ。

あんな、子供にしないキスまでしておいて。

こっちから「覚悟してる」とまで言わせておいて。

「食べるのが嫌なら、嫌ってはっきり言えばいいじゃん！　嫌だから手を出さないんだろ？　だから先延ばしするみたいに高校まで行かせたんじゃん？　そんな回りくどいことしなくても好みじゃないって言えばいいじゃん！」

晴輝は盛大に逆ギレした。

そういうところが子供っぽいと、裕樹がいたら容赦なく突っ込んだだろうが、裕樹はいない。

キレた晴輝が、さらに言い募ろうとした時、

「したいのか？」

慶月が至極《しごく》真面目な顔と声のトーンで聞いてきた。

それにキレたテンションが一気に下がる。

同時に、急激に恥ずかしさが戻ってきた。

「し、たい…っていうか、したくないわけではない、というか？」

秒単位で切り変わる自分のテンションに晴輝はついていけなくて、支離滅裂《しりめつれつ》になる。

その様子に慶月は一つ息を吐くと、

「昔ならば、もうとうに元服のすんでいる大人ではあるからな」

そう言うと、

「こっちへ来い」

晴輝を手招きした。

たったそれだけの仕草にとんでもなくドキドキした。

この後、そういうことがあると理解しているからだろう。

――口から心臓が出そうってこういう状況のこと？

そんなことを思いながら、晴輝は膝歩きで慶月の側まで寄っていった。

膝を突き合わせるくらい近くまで晴輝が近づくと、慶月は晴輝の頬に手を伸ばした。

それだけで晴輝の心臓が跳ねる。

ゆっくり近づいてくる顔に目が泳いでどうしていいかわからなくなり、ギュッと目を閉じると触れるだけの口づけが繰り返される。

じゃれ合うようなそれに、晴輝は少しずつ緊張を解く。

やがて舌が唇を割って入り込んできて、くちゅっと濡れた音を立てながら口腔《こうこう》を舐《な》め回された。

「ん、……ぅ……」

鼻から抜けるような声が漏れる。

絡みついてきた舌といやらしく聞こえる水音が晴輝の性感を煽《あお》る。

「あ、っ…ァ」

喘《あえ》ぐような吐息を漏らす晴輝を、慶月はゆっくり押し倒していく。

そして口づけながら晴輝のパジャマのボタンを一つずつ外して、前をはだけさせると手を素肌へと滑らせ、薄い胸の上で淡く色づいている突起に触れた。

「ぁ、…ッ」

ひくっと体を震わせ、晴輝が顎《あご》を上げる。唇が離れ、明らかに甘い声が上がった。

指先で軽く撫でるように触れると、晴輝は甘い音を混じらせた声を漏らす。

「っ…ん、……ふ…」

柔らかかった尖りが芯を持ち、固くなり立ち上がる。それを慶月は指できゅっと摘み上げ、軽く引っ張る。

「ぁ、ああ…っ、あっ、ダメ」

「痛かったか?」

問いながら、捉えた乳首を少し力を弱めて柔らかく揉み込んでくる。

「うあ…、あっ……ァッ……」

与えられる刺激に晴輝は返事ができず、喘ぎながら無意識にもじもじと腰を動かした。

胸をいじられるたびに背中をゾクゾクとした甘い感覚が伝い下りて体中に広がっていく。

「ぁ、…ふ、あ、…ぁ…ダメ、…っ…あっ」

「ダメなのは、こっちまで悦《よ》くなるからか?」

慶月のもう片方の手が晴輝の下肢へと伸び、反応しかけている晴輝自身をパジャマのズボン越しに捉えた。

「……っ…あ…」

キスと胸をいじられただけでそうなっている自分が恥ずかしくて仕方がなかったが、

「脱がすぞ。少し腰を上げろ」

命じてくる声に、晴輝は力の抜けかけた体を動かし、腰を上げる。慶月は簡単に下着ごとパジャマのズボンを下ろし、そのまま晴輝の足から抜き取った。

パジャマの上衣は腕が通っているだけではだけられ、下半身は丸裸。

そんな自分の様子を自覚すると羞恥でおかしくなりそうだったが、慶月の手が感じ始めている晴輝自身をじかに捉えると、そんな羞恥も一気に霧散した。

「ぁ、…ぁ……っ、あっ」

慶月の手に収められた晴輝自身が揉み上げられ、自分の手とは違う感触にあっという間に完全に熱を孕み、先端から蜜を零し始めた。

ぐちゅっ、にちゅ……と粘ついた音が慶月の手が動くたびに響き始める。

「ん、ぁ、ぁ…ッ……、ぁ…！」

気持ちがよくて、晴輝は上がる声を抑えられず、喘ぐ。

強めに握り込まれ、扱かれるたびにとめどなく蜜があふれて、にちゅっと水音が立つ。

「けぃ…げつ……」

甘えた晴輝の声が慶月の名を呼んだ。

「気持ちがいいか？　こんなに濡らして」

ほんの少し意地悪な声音で慶月が耳に吹き込むようにして言う。

耳にかかる息すら、今の晴輝にはひどい刺激だ。

「んっ、や……っ、先、やだ」

蜜を零す穴に指先を押し当てられ、晴輝は逃げようと体をくねらせる。だが、ほんの少し動けただけで逃げるにはほど遠かった。

にちゅ、にちゅ、ぐじゅっと聞くに堪《た》えない音が響くたび、晴輝の体が面白いように跳ねる。

「ア、ッあぁっ……ダメ、ダメ、出る」

「我慢しなくていい」

限界を訴える晴輝を慶月は容赦なく扱き立てる。

「…っ、……あ、いっ……きもちい…ぁ、あ、…はやいの、ダメ、…ッあ、ぁ——さきっぽは、やめ、あっ、あッ……」

蕩け切った声を上げ、晴輝はあっという間に上りつめた。がくがくと腰を震わせながら慶月の手で達し、びゅるびゅると蜜をはしたなく飛ばす。

慶月は身悶《みもだ》えながら達する晴輝を満足そうに見つめながら、晴輝自身を扱く手は止めず、責め続けた。

「ッ……、ん……ッ…、〜〜っ…！」

残滓《ざんし》まで絞り取られた上に、まだ解放されず、晴輝は声もなく身悶える。

そして新たな熱を体に宿し始めると、慶月はやっと手を離した。

「……っ…ぁ、あ…」

余韻に浸《ひた》ることすらできなかった晴輝の体は、つかの間の休息を得て安堵と、新たな熱を孕みかけて放置されたことへの不満との間で震える。

慶月はそんな晴輝の様子を見つめながら、自身の寝巻《ねまき》の前をはだけると、晴輝の様子に猛った自身を取り出した。

そして目を閉じ、荒く息を継いでいる晴輝の、熱を中途半端に孕んだ自身へと己のそれを重ね、握り込む。その感触に晴輝がハッとしたように目を開けた。

「けい、げつ……」

「もう少し、付き合え」

そう言うと握り込んだまま、腰を使い始めた。

「……っ、あ、……ゃ、ッまって、あッ……ぅ、んんっ――――‼」

ただでさえまだ敏感なままの自身を、慶月の手と自身に擦られるのはあまり強すぎて、晴輝はあっという間にまた達してしまう。

「あ、アッ……、ぁッ」

カクカクと腰を震わせ、ぴゅるっと蜜を飛ばす。だが、その間も慶月の動きは止まらなかった。

「ひっ…ぁ！　あっ、ま…、まって、いま、イって、イってる、から……！」

擦られるたび、体の中で何かが何度も爆発したような絶頂がやって来る。自身がぐずぐずに溶けてなくなりそうなくらい気持ちよくて、怖くて、どうしようもなくなる。

「んんんっ、……あっ、ダメ、もう無理、無理……」

目の前で白い星が瞬くような感覚の後、晴輝の腹部にビュルっと温かいものが放たれた。数回にわたってそれは放たれ、それに合わせるように慶月の動きがゆっくりになり、晴輝自身が解放された。

「ぁ…、ぁっ、あ……」

延々続いていた絶頂感の余韻は長く尾を引いて、晴輝はかたかたと体を震わせる。感じすぎて疲れたのか、ぐったりとして、指一本動かせる気がしなかったし、瞼《まぶた》が落ちてしまうともう目が開けられなかった。

「後始末はしておく。そのまま寝てしまえ」

言葉と共に額に慶月の唇が触れたのを感じたが、それに返事をする余裕もなく、晴輝はそのまま倦怠《けんたい》感に身を任せ、眠りに落ちた。

6

最後まで、ではなかったものの、慶月が自分のことをちゃんと「贄」として見てくれていることがわかって、晴輝は安心することができた。

不安があるとすれば、慶月がやはりその翌日にはすっかりそんな雰囲気は見せず、これまで通りだったということだ。

――そりゃ、あの時みたいなフェロモンをだだ漏れにさせたまんまで接してこられたら困るっていうか、落ち着かなくて仕方ないとは思うけどさ……。

正直、あの時はすごかったと思う。

視線一つでどうにかなってしまうくらい、圧倒的で、蛇に睨《にら》まれた蛙ってこんな感じなのかなと思った。

いや、フェロモンをだだ漏れにしていない状態でも、慶月の顔を見ると照れるような状態が続いていたりもするし、一緒に食事をしている時に、慶月が口にものを入れたりする様子を見るだけでもあの口で、とか思うし、手や指の動きにしてもいちいちエロく思えて、込み上げるものはある。

そんな学び舎での爽やかな朝に不似合いなことを脳の片隅で考える晴輝の耳に、

「じゃあ最後に、進路相談票回収するぞー」

担任の言葉が聞こえた。

晴輝はカバンの中を漁ったが、昨日、記入したはずの紙がなかった。

軽く記憶をさかのぼった晴輝は、後でカバンに入れようとして、机の脇に置いた後、他のノートなどを積んでしまい忘れてきたのを思い出した。

「センセー、忘れてきちゃった」

晴輝は手を上げて担任に言う。

「じゃあ、明日でいいよ」

「もう一枚紙くれたらすぐ書くけど」

「じゃあ、昼休みに職員室へ来い」

担任の言葉に「はーい」と返事をして、晴輝は昼休みに職員室に向かった。

そして新しい進路相談票をもらい、そこに「就職希望：木藤不動産就職予定」と書き込み、提出する。

「おまえ、本当に就職でいいのか？」

渋い顔をして担任が問う。

高校二年の秋というこの時期の進路相談票は、三年進級時のクラス分けのためのものだ。

理系、文系、志望校ランクと現在の成績からクラスが分けられ、それぞれの希望先へのカリキュラムが組まれたクラスが編成されるのだ。

「うん」

「おまえの成績なら、これからの追い込みで国立大も突破できるぞ？」

「ううん、もう勉強したくないし、ホントは中卒で木藤に就職するつもりだったから」

正確には、慶月のところに永久就職予定だ。

でもそんなことは言えないので、書類上の就職先の最有力だろう木藤が経営する事業の一つを挙げた。

「けどなぁ」

「早くお金稼ぎたい。そんで、勉強したくなったら、貯めたお金で大学行こうと思ってる」

進学校ではあるが、就職希望者もいないわけではない。

だが、晴輝のように学内成績上位者で就職希望というのは珍しい。

「大卒の方が給料はいいぞ？　生涯賃金で考えると随分差がつく」

「えー、誘惑しないでよー。泥沼の受験戦争とか、もう本当にやだ。……土壇場で気が変わったら受験するかもだけど、とりあえず就職でお願いします」

晴輝はのらりくらりと担任の言葉をかわして、進路相談票を受け取ってもらい、職員室を後にした。

だが、その日の夕食後のことだ。

食べ終えた膳を母屋との境に下げて戻ってくると、慶月が机の上に一枚の紙を置いて晴輝を待っていた。

それは、晴輝が忘れていった進路相談票だった。

「晴輝、これだが」

「あー、忘れていっちゃったんだよね。でも、新しい紙もらって提出してきたから捨てていいよ」

そう言った晴輝に、

「大学に行ったらどうだ」

慶月は静かな声で言った。

「え……？」

「相変わらず成績はいいんだろう？　木藤にも確認したが、進学の最上位クラスにも入ることができる優秀さだと聞いているぞ」

今の成績だけで言うなら、そうだろうと思う。

特に塾にも通わずその成績を保っていることに教師も他の生徒も驚いているが、それは裕樹が通っていた塾のテキストやノート、各種参考書を使って勉強しているからだ。

だが、大学進学など最初から考えていなかった晴輝の勉強の仕方はいわゆる「丸暗記」で、その時の試験が終われば大抵のことは頭から抜け落ちる。

その場しのぎの勉強方法でしかないのだ。

「大学に行ってまで勉強したいことはないよ」

それは本音だ。

仮に大学に行っても、卒業すれば奥屋敷で慶月と過ごすのだから、大卒というカードは特に意味はない気がする。

「通っている間に学びたいものと出会うかもしれないだろう？　おまえの才能は、このまま奥屋敷に留め置くには惜しいと思うし、若いうちは外の世界をもっと知ってほしいとも思っている」

慶月の静かな声と表情からは、いつもその奥の考えが見通せない。

何を思ってそういう考えに至ったのかがさっぱりわからないのだ。

――なんで、そういうこと言うの？

晴輝は混乱した。

学校を卒業したら、ちゃんとした贄になる。

最初は中学を卒業したら、だと思っていた。

それが高校に行くことになり、高校を卒業したら、だと思っていたら、今度は大学に行けと言う。

ズルズルと先延ばしにされる意味がわからなかった。

――結局、この前だって最後まではしてないしなぁ……。

つまり、途中まではできても最後まではしたくない、という程度にしか思っていないんじゃないかとすら思える。

――慶月って俺のこと、本当はどう思ってんの？

「贄」はずっと慶月の側にいる特別な存在だと思っていた。特別だから、そういうことをするんだと晴輝は思っているし、晴輝にとって慶月は間違いなく特別だ。

だが慶月にとって晴輝はそうじゃないのかもしれない。

だからいずれここから出すつもりで、それなら大学を卒業させておいた方が、今後の晴輝の就職に有利だからとか、そんなことを考えているのかもしれない。

それを聞いてしまえば手っ取り早いのかもしれないが、もし、そうだと答えられたらつらすぎる。

慶月の贄になるためにここにいるのに。

十年以上、ずっと側で過ごしてきたのに、今さら手を離そうとするとか、ずるい。

慶月のことが好きなのに、と思う。

好きだから、余計に核心に触れるのが怖い。

「……大学は行きたくない。絶対行かない。ホントに絶対行かない。高校卒業したら誰がなんて言ってもここでニート決め込むから！」

晴輝はそう言うと、奥屋敷の別の部屋へと逃げた。

部屋数が豊富な奥屋敷は逃げ放題だ。

子供の頃にも些細なことで「けいげつきらい！」と癇癪《かんしやく》を起こしては、他の部屋の押し入れに入り込んで隠れたりもした。

その頃と行動形態がまったく変わらない幼さが、慶月を萎《な》えさせている気もするが、そもそも慶月が悪いと思う。

いつまでも煮え切らないから。

——さっさとやることやってくれたら楽なのに！

不安が入る隙がないくらい、慶月で埋め尽くしてほしいのにしてくれない。

埋め尽くす価値がないと思われているのかもしれないとすら思うのだ。

悶々と考えているうちに、部屋に戻りづらくなり、晴輝は結局、その夜、慶月が入浴をしているうちに慶月の布団を敷きに行き、自分の布団は空き部屋に運び入れ、そこで寝た。

そんなことをしたら気まずくなるばかりだとわかっていたが、どうしても今夜は慶月と一緒にはいたくなかった。

◇◆◇

案の定、翌朝は気まずさマックスだった。

朝食も無言だし、行ってきますのハグもしなかった。

その気まずさは日を追うごとにひどくなった。

自分から謝ればいいのかもしれないが、晴輝は「進学しない」と言っただけなので、そのことを謝る必要はない気がする。

多分、必要なのは「話し合い」だろう。

慶月がどうして大学進学を勧めるのか、その真意がわかればいいのだと思うが、それが晴輝にとって不都合な事実に基づいていたらと思うから、聞きたくない。

前は慶月と一緒にいるというだけで嬉しくて安心だったのに、今は一緒にいるのがつらい。

別の部屋に寝ていたのは数日のことで、すぐにそれまで通り慶月の隣に布団を敷くようになった。

慶月は特に何も言わずに受け入れてくれたが、何も言わないところが逆に居心地が悪くて、それでも何か言われたら言われたで、余計なことを言いそうな気もしたので晴輝も特に何も言わなかった。しかし、一週間もすれば、晴輝は限界で、とりあえず大学に行くって言えばいいのかなとか心が折れそうになった。

だが、それでは慶月の思うつぼだと、自分に言い聞かせる。

それならどうにかして奥屋敷にいる時間を短くするしかない。

では、どうすればそれが可能だろうか？

そう考えて晴輝がひらめいたのは、

「そうだ、バイトしよ！」

だった。

そうすれば奥屋敷にいる時間を減らせるし、お金も手に入る。

欲しいものがあれば木藤が買ってくれるとは言え、高額なものは言い出しづらい。

だが、自分で稼いだお金なら何を買っても自由だ。

思い立った晴輝は、その日学校から帰ってすぐに慶月に切り出した。

「慶月、俺、バイトしたい」

「バイト……？」

この一週間、一緒にいてもろくに会話をしなかった晴輝が、急に口に出したそのセリフに慶月は怪訝《けげん》な顔をした。

「慶月は俺にもっと外の世界を知ってほしいって言ったじゃん。確かに俺、学校と家の往復だけで、外を知ってるなんて言えないなって思った。だから、手始めにバイトを経験してみたい」

外の世界を知ってほしいという慶月の言葉を逆手にとって、晴輝は許諾を取りつけようとする。

「……晴輝がそれを本当に望むなら許可をしよう」

少し考えた後、慶月は許可を出したが、

「どんな仕事をするつもりだ」

そう聞いてきた。

「それはこれから、どんなバイトの募集があるか見て考える。大丈夫、木藤のおじさんに相談して安全そうなとこにするから」

「わかった」

そう返してきた慶月は、どこか渋々といった様子にも思えたが、晴輝は気にするのはやめた。

木藤はバイトすることにした、と言った晴輝を叱ったが、慶月に「外の世界を知ってほしいと言われた。許可は取ってある」と伝えてごり押しした。

そしていくつか見つくろってきたバイト先の中で木藤が許可を出したのは、飲食店の厨房の仕事だった。

皿洗いや清掃がメインの仕事だったが、初めてのバイトは恐らく周囲に恵まれたことが大きいのだろうが、楽しかった。

「瀬野くんのシフトの組み方がプロバイトレベルで笑える」

シフト希望表を出すとそれを管理する店長が笑った。

「欲しいものいろいろあって、荒稼ぎしたいんです」

にっこり笑って言う。

店の定休日以外の放課後と、土日は朝から夕方までびっちりシフトを入れた。

もちろん他のパートタイムやバイトのスタッフとの調整もあるので、いくらかは減るのだが、その減った時間も、スポット雇用をしてくれるバイトを探して働いた。

夕食はバイト先でまかないが食べられるので、奥屋敷で食べることも少なくなり、慶月とは顔を合わせる時間が極端に減った。

そういう働き方をしていれば、高校生とはいえ、結構な額のお金が手に入った。

そのお金で晴輝は奥屋敷の普段あまり使わない部屋にパソコンを導入した。

それもバイト先で知り合ったパソコンに詳しい人のツテで、新しくて結構いいスペックのものを安く手に入れられた。

「瀬野っちは、なんでそんなに働きたいの？」

バイトの休憩時間、特徴的なドレッドヘアがトレードマークの先輩バイトに聞かれた。

「んー、とりあえず、欲しいものいろいろあって。今度はドローン買って撮影するのもいいかなーって」

「ああ、ドローンな。俺持ってる」

「マジですか？」

「ああ。俺、海外へよく行ってんだよ。金がなくなったら戻ってきてバイトして、また出かけるって感じ。そんで、行った先でドローン飛ばして景色とか撮影してる。動画アップしてるから、今度見てよ。後でアドレス送っとく」

「絶対見ます。へぇ、海外か……行ったことないなぁ」

「まあ俺の場合、ヨーロッパとかじゃなくてアフリカ、アジアが多いけどな」

「旅行もいいなぁ……海外は無理だけど」

旅行なんて考えもしなかった。

修学旅行と、あとは子供の頃に日帰りで海に出かけたくらいだ。

旅行に行くより、慶月と一緒にいたかった。

なのに、今は一緒にいると気まずい。

気まずいけれど、全然会えないのもつらい。

でも長く一緒にいるとやっぱりまだ気まずい。

我ながら支離滅裂だなと思うのだが、どうしようもない。

「新幹線とか有料特急とかは無理だけど、それ以外なら一日乗り放題って切符販売されてるから夏休みとかにそれ使っていろんなとこ行くって方法もあるし。俺も最初はそれでいろんなとこ行って、そっから足を伸ばしたってクチ」

「あ、俺それやってみたい！」

晴輝が言うと、先輩はじゃあ、いろいろ教えてやるよ、と言ってくれた。

そして彼からレクチャーを受けて「安く快適な旅をする技」を伝授してもらった。

それで、月に一度、金曜の夜から日曜の夜まで一人で旅行に出かけ、夏休みは短期バイト希望者が多く来ることもあって、晴輝はバイトの休みを纏めてもらい、乗り放題切符を使って、旅行をした。

もちろん、木藤には諌められたし、木藤の祖母には「慶月様を蔑《ないがし》ろにして！」と泣きつかれたが、

「慶月にちゃんと許可は取ってるし、学校卒業したらちゃんと『贄』をするから、心配しないでよ」

そう言ってかわした。

大学四年になっていた裕樹は、木藤の後継ぎということで就職活動の心配もないことか

ら早々に卒業論文を仕上げ、ほとんど大学に行かなくてもいい状態になっていたので、夏休みの間に一人暮らしをやめ屋敷に戻ってきていた。

盛大にこじれている晴輝と慶月の関係に気付いてはいたが、口を挟んでくるようなことはしなかった。

ただ、見守る、といった様子だ。

こうして盛大にこじれて、感情をこじらせたまま時間だけが過ぎていく。

慶月とは、過ごす時間が減っただけで、特に諍《いさか》いはなかった。過ごす時間が減ったのに諍いがあったらそれはそれで大問題だが、諍いが起きるほどの接点もなかったというのが実際のところだろう。

この間に、晴輝はいろいろと考えたことがある。

子供の頃に贄に選ばれて、慶月の側にいるのが当然で、ずっと慶月の側にいるのだと思っていたが、もし、慶月が晴輝のことを見限ってしまえば、そこで晴輝は贄でなくなってしまうのかもしれない。

木藤に残る古文書を晴輝が読める範囲で読んだ中には贄をクビになった者はいなかったが、晴輝が知らないだけで、そういう贄がいた可能性だってあるし、もしかしたら晴輝は初めてのクビになる贄かもしれないのだ。

そう思うと怖くて仕方がないが、大学に行くとなるとここから通うのは難しくなる。卒業するまでの四年、慶月と離れることになる。

——慶月が、大学に行けってうるさく言わないってことは、まだ俺を側に置いてくれるつもりなのかな……。

慶月は優しいから、晴輝のことが本当に嫌なら、多分、傷つけないようにクビにするだろうと思う。

それなら、大学進学を勧めるのは絶好のチャンスだと思うのだ。

だが、ごり押ししないのは、まだ希望があると思っていいのだと、できる限り前向きに考えることにした。

表面上波風の立たない季節を過ごして、晴輝は高校卒業の日を迎えた。

写真や動画をたくさん撮って、その後、卒業記念の打ち上げカラオケに行くという級友の誘いを断って、晴輝は保護者として来ていた木藤や、父、祖母と共に学校を後にした。

昼食は帰ってくる途中に店に立ち寄って四人で食べた後、父と祖母とはそこで別れた。

奥屋敷に帰ってきた晴輝は、慶月への挨拶もそこそこにパソコンを置いてある部屋に籠った。

そして夕食が運ばれてくる時間を目安に部屋を出て、慶月と一緒に夕食をとる。

晴輝は一月末でバイトをやめて、その後は以前のように慶月と一緒に夕食をとるようになっていた。

会話が弾むというわけではなかったが、気づまりなわけでもない。

この夜の膳は、晴輝の卒業祝いということもあり、普段よりも豪華だった。

食事の後、晴輝は再びパソコンの部屋に籠り、いつもの時間に風呂に入った。

そして慶月が入浴している間に布団の準備をすませた。


大学に行かないと宣言してから、ずっと怖くて逃げ回ってきた。

——でも、それも今日で終わりだ。

そう決めて、慶月が風呂から上がってくるのを待つ。

廊下から近づいてくる足音が聞こえ、部屋の襖戸《ふすまど》が開き、慶月が入ってきた。

「慶月、髪の毛を乾かしたら、パソコン置いてある部屋へ来てくれる？　そこで待ってるから」

たったそれだけのことを言うのに、少し声が震えてみっともないと思う。

「わかった」

慶月は短く頷いた。それを聞いて晴輝は部屋を出る。

十分ほどで慶月が部屋に来た。

「入るぞ」

「うん」

答えると襖戸が開いて慶月が入ってくる。壁に取りつけてある大きなスクリーンに慶月は少し驚いたような顔をした。

「そこに座って」

畳の上に置いた座布団を示し、慶月が座ったのを確認して部屋の電気を消す。そして、設置したプロジェクターで画像をスクリーンに映し出した。

最初に映し出されたのは満開の桜の動画だった。

「これ、去年の四月の学校の桜」

晴輝は慶月の隣に腰を下ろし、説明を始める。

「通ってた高校の校舎。毎日、ここで靴履き替えて、教室へ行く」

担任や級友の姿が映るが、音はない。代わりに小さなピアノの演奏が流れていた。

「これは、長野へ行った時。リンゴの花」

晴輝は先輩バイトから動画編集のやり方を習ってこの一年、自分が見てきた外の世界を一時間ほどの動画に纏めていた。

月に一度、出かけていたいろんな観光地の画像、夏休みからはドローンで撮影した映像も入るようになり、秋になれば文化祭や体育祭の学校行事、バイト先での日常、そして今日の卒業式、それらが纏められていた。

一通り見終わって、動画が終わる。

「最初はさ……」

何も映し出されない白いプロジェクターを見たまま、晴輝が口を開く。

「大学行って、外の世界を知れとか言われて、売り言葉に買い言葉っていうか、そんな感じで当てつけみたいにバイト始めたんだ。……そうやって慶月とできるだけ接点持たないようにしないと、あの頃はいろいろキツくて」

ドローンも、パソコンを買った後、動画サイトを見ていて面白そうだなと思って欲しくなった程度だった。

旅行も、先輩から聞いて面白そうだなと思ったのと、奥屋敷にいなくてすむならいいか、と思って行き始めただけだ。

「でも、途中から何見ても、何してても、慶月に見せたいとか、慶月と一緒だったらとか、そう思ってんのに気付いた。慶月はこれを見たらどんな風に言うのかなとか……そんなことばっかり思ってた」

そこまで言って晴輝は一度言葉を切った。

そして少し間を置いて、続ける。

「俺は、慶月と一緒がいい。もう、充分外は見たよ。確かに綺麗なもの、面白いこと、いっぱいあった。でも慶月と一緒じゃないと、寂しい。でも、もう『贄』になるのは、遅い？　慶月の好みから年齢的にアウトになってる？　それとも、我儘で好き勝手する俺のことなんか、もう呆れて嫌になった？」

怖くて、慶月の顔が見られなくて、晴輝は顔を伏せる。

傍らで慶月が深くため息をつくのがわかった。

多分この後、突きつけられるのは最後通牒《つうちょう》だ。

覚悟して身を固くしながら、その言葉を待つ。

しかし、慶月は無言で晴輝の腕を掴むと立ち上がった。

「来い」

「え……」

戸惑った晴輝だがグイッと腕を引っ張られて、引きずられるようにして立ち上がる。そしてそのまま部屋を出た慶月に連れていかれたのは寝室だ。

布団の上まで来るとようやく手を離される。

慶月は無言のまま腰を下ろし、晴輝も立ちっぱなしというのも居心地が悪くて腰を下ろした。

「……おまえは、いろいろ無自覚すぎる」

慶月に指摘され、晴輝は俯《うつむ》く。

確かに、その通りだ。

贅なのにまったく従順じゃないし、慶月とちょっと言い合いになったからといって反抗的な態度も取った。

不敬な態度を取りすぎると叱られても、自分から折れることもできなくて、嫌われてるかもと思いながら、自分を押しつける始末だ。

慶月に仕える贄としての自覚などないに等しいと思う。

——もう無理なのかなぁ……。

解雇される贄なんて、初めてなんじゃないかと思う晴輝の頰に、慶月の手が触れた。そしてそのまま顔を上げさせられて、慶月と向き合わされる。

綺麗な紅玉の瞳が晴輝を捉える。

もうそれだけで身動きができなかった。

その晴輝を、慶月はゆっくりと押し倒す。そして流れるように口づけてきた。

それは最初から本気の、深い口づけだった。

差し入れられた慶月の舌が晴輝の柔らかな舌を搦め捕る。そのまま、じゅるっと音を立てて吸い上げられ、慶月の口腔へと招かれる。

だが、どうしていいかわからないうちに再び舌を押し戻された。

ぬるぬると舌を擦り上げられて、くすぐったいような、それだけではないような感覚に体が震える。

その晴輝の体を、パジャマの裾から入り込んだ慶月の手がじかに撫で回し始めて、やがて胸に辿《たど》り着いた指先が、胸の突起をギュッと摘み上げた。

「んっ……！」

声を漏らすと唇が離れた。

薄く開いた目に、慶月の唇が濡れているのが見えた。それがひどくいやらしく思えて、晴輝は真っ赤になる。

「ここが、好きだろう？」

問いながら摘み上げたそれをゆっくりと擦られて、背中をゾワっとした感覚が走る。

「……っ…わ、かんない…」

「なら、自覚できるようにしてやろう」

慶月はそう言うと、一度胸から手を離し、晴輝のパジャマのボタンを外した。

「ついでだ、全部脱げ」

慶月は晴輝の手を摑んで引き上げながら、もう片方の手を背中に回し抱き起こした。そしてパジャマの上衣を腕から引き抜いて取り払う。

次にパジャマのズボンに手がかかったが、その手を晴輝は押さえた。

「自分で…脱ぐ、から」

そう言うと、一度膝立ちになって下着ごとパジャマを引き下ろすと、また腰を下ろし足から引き抜いた。

慶月の前で裸になるのは、初めてではない。

とはいえそれは小学生の頃に限定される話で、贄の役目を知って以降はない。晒したのはせいぜい半裸程度だ。

——落ち着け。

自分に言い聞かせて晴輝は布団に横たわり、目を閉じる。

心臓がいつもの倍近い速さで動いているのを感じていると、ちょうど心臓の上に慶月の手が押し当てられた。

そこから感じる手の温度が優しくてほんの少し緊張がゆるんだ。

その時、さっき指で摘まれたのとは違う方の乳首に濡れた温かいものが触れた。

「ぁ、なに……っ」

ふっと目を開ければ、慶月の舌がささやかに尖っている乳首に這《は》わされているのが見えた。

「…っ…ひぁ…」

いやらしい光景に、晴輝は慌てて目を閉じる。

くちゅっとわざとのように音を立てて吸い上げ、再びぬるついた舌で嬲《なぶ》るように乳首を転がされる。

「や、やっ……」

ぞわぞわした感覚が背中をずっと行き交い続けて、知らぬ間に声が上がる。

刺激を受けて固く立ち上がった乳首に今度は甘く歯を立てられた。微《かす》かに感じる痛みに眉を寄せるとすぐにまた舌先で舐められる。

もう片方にも手を伸ばされて、指先でコリコリとつねって引っ張ったり、押しつぶされたりされると、声を止められなくなった。

「やだ、や……あっぁ…、ゃう、あ、あっあ……っ」

気持ちがいいのが怖くて、胸に吸いつく慶月の頭に手を伸ばして引き離そうとする。しかし満足に力が入らず、慶月の髪に手を差し入れるのが精一杯だ。

その間も乳首を嬲る舌も指も止まることはなく、ひと際強く吸い上げるのと同時に、反対側はグニュグニュと押しつぶされた。

「んっ、んぅッ……、あ、ぁッ……！」

走り抜ける刺激に腰が跳ねる。

慶月の体の下敷きになって満足に動けもしないけれど、その時にぬるりとした感触を感じて、自分が下肢を濡らしていることに気付いた。

——胸、いじられてるだけなのに……。

先走りでぬるつく感触にいたたまれなくなる。

それなのに慶月はわざと立ち上がって蜜を漏らす晴輝自身を押しつぶすようにして太も

もを押し当ててきた。

「やめて、イッ、あっ、ァッ、あぁ……ッ」

晴輝の腰が悶えるように震え、煽るようにまた乳首に歯を立てられて、その刺激に頭の中が真っ白になった。

「やっ、な、に……、ぁ、あっぁッ、あっあ」

強張ってガタガタと震えた体がふっと弛緩する。そしてぐずぐずに濡れた下肢に晴輝は気付いた。

「……ぁ」

「ココだけでイったか」

晴輝の胸から顔を上げた慶月が目を細めて言う。

「……っ…」

恥ずかしすぎる事実を告げられて言葉も出ない晴輝の下肢に慶月は手を伸ばした。

ぐじゅっにちゅっと、粘着質な音が響く。

慶月はそのまま晴輝自身を揉み込んだ。

「あ、…あ、っひゃ…ッ」

達した直後のそれは敏感なままで逃げたくなるような感覚に襲われる。

「だ、め…、やだ、今……っ…ゃ…」

泣き出しそうな声で哀願すると、慶月は晴輝自身からは手を離した。
しかしそれに安堵する間もなく、その手はその奥のつつましやかな蕾《つぼみ》へと伸びた。
「……っ…」
晴輝の眉根が寄る。
慶月の「贄」になるということが、どういうことかくらい、理解している。
だから、慶月がしようとしていることもちゃんとわかっている。
わかっていて、そうなることを望んだ。
慶月が自分を抱こうとしている。
つまりは、正式な贄として晴輝を見てくれているということだ。
それが、嬉しかった。
だが、実際に触れられると未知のことへの不安が先立ってしまう。
それを感じ取ったらしい慶月が、そっと晴輝の耳元に息を吹き込みながら囁いた。
「力を抜け……息を吐いて」
言われるまま息を吐くと、蕾の表面で遊んでいた指がツプっと入り込んできた。
「んっ…」
第一関節くらいまで埋められた指が、縁を柔らかく解《と》かすように動かされる。
浅い場所を繰り返し指先が滑る。

痛みはなかったが触れられている場所が場所なので、恥ずかしくて仕方がない。

それを宥《なだ》めるように慶月の唇が額や瞼の上に落ちてくる。

優しいキスに気を取られているうちに、気がつけば指が根元まで入り込んでいた。

「ふ……ぁ、あっ」

ゆっくりと引き抜かれて、また根元まで埋められる。

もどかしいくらいにゆっくりした動きに喉が鳴る。

「指を増やすぞ」

言葉と共に、添えられた指が入り込んでくる。開かれる感触に、は……、と息を吐けば、そのまま奥まで入り込んできた。

「ぁ…は…ッ」

一本の時と比べて中を広げられているという感触は倍以上に思えた。

圧迫感に勝手にそこが窄《すぼ》まって、指を拒もうとしてしまう。

「ちゃんと可愛がってやるから」

耳の中に吹き込むようにして言われて、腰の奥で何かが甘く痺《しび》れた。

中に入り込んだ指が内壁を優しく撫で始めると、拒むように窄まっていた肉襞は柔らかく溶けて刺激を感じ取り始める。

「は…、ぁ…っ、…ん、ぅ…」

二本の指に中を擦られているだけのことなのに、肉襞はゆっくりと蕩け出してぞわぞわとした感覚を全身に走らせ始める。

慶月は反応を見せ始めたそこを軽く引っかくようにして刺激していった。

「……んっ、あ…ゃだ…なん、か…、あ、あ」

強くされているわけではなく、弱火であぶるようにして慶月は中を嬲る。小さな刺激が繰り返し波のように襲ってきて、ふっとあるラインを越えた瞬間、晴輝の体が中から急にグズグズに溶け出しそうな感じがした。

「ぁ、あっ、ダメ、なんかダメ」

晴輝はいやいやをするように頭を左右に振る。

「けいげつ、ダメ、ダメ、そこダメ……やだ、や、や！」

甘えた声でダメ、と言ったその場所にある、小さな痼《こぶ》を慶月は二本の指先で弄《もてあそ》ぶ。

「あ、アッ……、は、ぁッ」

強めに抉《えぐ》るようにされて、晴輝の背中が弓なりに反る。

「ゃ、……っ…ゃだ、ゴリって、しな…っ、あ、あああっ」

ひくひくっと肉襞が痙攣《けいれん》する。

そこをさらに広げるように、三本目の指が入り込んだ。

「んっ、ゃ、ああっあ…、ぃっ、…んっ」

圧迫感はひどいのに、あからさまな快感が襲ってくる。

「けいげつ、ぉねがい、やだ、も……」

これ以上されたらおかしくなる。

「も、いい、から……」

気持ちがいいのが恥ずかしくて、これ以上されたら本当におかしくなりそうだった。

「し、て……、慶月の、…っ…ぃれて…」

喘ぎながら哀願すると、三本の指で強く中をかき混ぜるようにされる。

「やっ、あぁぁっ…、あ」

そのまま指が引き抜かれて、消えた圧迫感に息をつく間もなく、両足を大きく開いて抱えられ、比較のしようもない大きさのものが蕩けた蕾に押し当てられた。

「ぁ、あ」

「息を吐け……」

どこか切羽詰《せっぱ》まったような声に薄く目を開けると、ぎらついた雄の目をした慶月が晴輝を見ていた。

「……っ…」

背中をゾワっと走り抜けた感覚に気を取られた瞬間、体を割り開いてそれが入ってくる。

限界を超えそうなくらいまで押し広げられて、圧迫感から少しでも逃れようと息を吐く。

「は…ぁ……、あ、あ、あ」

ズリズリと奥へ慶月のそれが収まっていく。時間をかけて、確実に入り込んできたそれが体の奥まで満たして止まる。

「……けい…げつ……ちゃんと、俺、でき、てる……?」

声を出すのが怖くて、囁くような声しか出せない。

「…ああ……」

慶月の返事に、晴輝はふにゃりと笑った。

「晴輝」

名前を呼ぶ慶月に応《こた》えようとした瞬間、動きを止めていた慶月が引き抜かれていく。

「あああ……、っひ、ぁっ、あ……!」

あまりに大きなものを受け止めるだけでいっぱいだった肉襞が、擦られる感触に、指でされていた時に覚えさせられた悦楽を呼び戻した。

「まっ…、…っあ、あああっ、あ、ダメ、あ、あっ」

神経をそのままダイレクトに嬲られるような強すぎる快感に、いつの間にか立ち上がっていた晴輝自身が触れられないまま蜜をあふれさせる。

「んぁっ、あッ、ダメ、いって……ぃってる、から……ぁっ、あっあ!」

達してしまった体の中に、再び無遠慮に慶月が入り込んでくる。逃げたいくらいの快感

に体をよじろうとしても、しっかりと抱え込まれていてどうしようもない。

体の中にあった弱い痼が、慶月が動くたびに延々刺激される。

受け止め切れない快感に絶頂が延々と続いた。

「や…ァッ、あ、あ、むり、…まって、や、あ、あっ！」

蜜を吐き出したはずの自身からは慶月が動くたびにとろとろと蜜が流れっぱなしになって、どこが終わりかわからなかった。

「……っ、なか、ダメ、おかし…から……っ」

容赦なく抽挿《ちゅうそう》を繰り返されて、気持ちがよすぎて、感じる以外の感覚が壊れてしまったようになる。

ずちゅっ、ぐぷっと繋がっているところから淫らな音が響く。

そのたびにひどい快感が体中を侵して、ドロドロになる。

限界まで開かれて慶月を受け入れている内壁が不自然な痙攣を起こして、やがて強く窄まった。

「ぁあああっ、あ、あ……」

その中に、熱いものが放たれる。擦られすぎて敏感になった襞がビュルッビュルッと放たれる飛沫《ひまつ》の感触に震えて、また晴輝は達してしまう。

体中をがくがくと震わせて、悶える晴輝の中で、慶月は放った蜜を馴染ませるようにしてゆるく腰を使う。

「……ぁ、…ダメ…も……おかしくなる…」

中でまた熱を盛り返す慶月におびえたように晴輝は呟くが、喘ぎすぎたせいでほとんど音にはなっていなかった。

そんな晴輝に慶月は怖いくらいに美しく微笑んで見せる。

「おかしくなればいい……」

言葉と共に、また強く腰を突き入れられて、晴輝はあっという間にまた悦楽に突き落とされる。

そのまま、何度も意識を飛ばしては、悦楽に呼び戻されて、果てのない夜を過ごした晴輝は、その後、二日ほど熱を出して寝込むはめになったのだった。

7

晴輝は本当の意味で「贄」になった。

これまでもそうだったが、これまでは学生という立場もあって、ちゃんと務めを果たせてはいなかった。

だが、高校を卒業し、初夜もすませ、今は奥屋敷で慶月と二人だ。ただ、用事がある時には母屋に顔を出す。

それもあまりいいことではないのだが、とにかく奔放に外を出歩いていた晴輝が、すんなり奥屋敷に納まったということだけで木藤も木藤の祖母も安心して、母屋に時々来るくらいは問題ないと考えている様子だ。

だが、晴輝は実のところ心中穏やかではなかった。

理由はやはり慶月の態度だ。

慶月とはうまく過ごしていると思う。

晴輝が前に見せた動画はすべての見どころを繋げたものだったので、もっと一つ一つを長く見たいと言われて、編集前のだらだらと長いだけの動画や、何枚もの写真を一緒に見て、あれこれ話したりする。

慶月は楽しんでくれているし、晴輝もやはり慶月とこうして過ごせるのはいいなと改めて思っているし、贄に選ばれてよかったと本気で思っているのだ。

だが。

懸念材料がある。

夜のことである。

あけすけに言えばエッチに関してだ。

確かに初夜の後、熱を出して寝込んだ。それは事実だ。

心配をかけたとも思う。

が、すっかり回復しても、慶月は手を出そうとしないのだ。

晴輝から誘った方がいいのかと思って、

「一緒に寝ようよ」

と慶月の布団にもぐり込んだりするのだが、ただの添い寝で終わること三回。

——正直心折れる……。

もし、次もただの添い寝で終わったらと思うと怖すぎて、誘うこともできなくなっているのだ。

——ちゃんとした贄生活に入ってまで、このことで悩むと思ってなかった。

もともと慶月は淡泊なのだろうかとも思うが、

――でもこの前、すごかったし……。

完全に乗りつぶされたのだ。淡泊というわけではないと思う。

――固め打ちするタイプ、とか？

いろいろと考えてみるがどうにも釈然としない。

いっそどうしてしないのかと聞くのが早いとは思っているが、地雷を踏みそうで怖い。

一緒に動画を見る時は、説明などもあるし、気まずくはないのだが、そうではない時に二人きりになるのは少しの間避けたかった。

とはいえ、理由もなく避ければおかしく思われるので晴輝は合法的な手段に出ることにした。

「ヒロくん、なんか手伝える仕事ない？」

母屋に出かけた晴輝は、大学を卒業し、木藤の経営する会社で働き始めた裕樹に家でできる仕事をもらいに行った。

「ないわけじゃないけど……慶月様の世話はいいのか？」

「うん。だって、慶月、なんでも自分でしちゃうから俺が側にいてもすることないんだよね。用事があったら携帯で呼んでくれるし」

あっさり言う晴輝に、裕樹は首を傾げる。

「おまえさ、慶月様とうまくいってんの？」

見透かしたようなセリフに晴輝は言葉に詰まる。

「……いってる、と、思いたい」

「ってことは何かあった？」

「何もないから問題なんだってば！」

キレ気味に返した晴輝に、裕樹はため息をつく。

「何もないって、エッチはしたんだろ？　熱出して寝込んでたよな？　二週間くらい前だっけ？」

問われ、晴輝は頷く。

「その後、何もないってこと？」

確認され、再度頷くと、

「え、なんで？」

問い返された。

「知らないよ、そんなの」

「おまえから誘ったりは？」

「した。三回。一緒に寝よって布団にもぐり込んだ。三回とも添い寝で終了。心が折れまくりでもう怖くて誘えないし」

「マジか……」

裕樹はそう言うと天井を仰ぎ見た。

「予想外のことになってんな？　てっきりラブラブ新婚生活で、おまえが疲弊しすぎて仕事を理由に逃げたいのかと思って聞いたんだけど、まさかの逆パターン」

「ヒロくん、なんでだと思う？」

今度は晴輝が逆に聞いた。

「俺に聞くなよ。……でも、別に邪険にされてるとかじゃないんだよな？」

「それはない。一緒に俺が撮り溜めてた動画とか見てしゃべったりするし。でもなんていうの？　何もすることないのに側にいる空気がキツい。だってホントに、なんにもないんだもん。間が持たないし心ももたない」

いや、昔ならそんなことはなかった。

何もしゃべらずに、それぞれ別のことをしていても、側にいるだけで充分だった。

でも今は違う。

不安なのだ。

ちゃんとした贄になったはずのに、ちゃんとしていなかった時と何も変わっていなくて。

「ホントはもう、俺なんかどうでもいいのかなーって思える」

「いやいや、それはないだろ。もしそうならお前がバイト三昧《ざんまい》で奥屋敷を空《あ》けまくってた時に怒ってると思う。おまえが戻ってくるのを待ってたってことは、慶月様はおまえをちゃんと大事に思ってるって。実際、一緒に動画見たりとかするんだろ？　おまえが単純に二人でいるだけの時は手持無沙汰で気まずいってだけでさ」

裕樹は晴輝の不安を一つずつ潰していく。

こういうところは頼れる兄貴分なのだ。

「本当にそう思う？」

「思う」

「じゃあさ、なんで、何もしないと思う？」

晴輝はさっき回答を避けた問いを繰り返してきた。

「だから知らねえよ、それは」

「じゃあ、じゃあさ！　慶月がどうこうじゃなくって、世間一般的な男子の意見として、一回エッチしちゃった後しない理由ってどんなのがある？」

食い下がってきた。

やはり、弟のような晴輝からのシモい質問には答えたくない。

普通の、男女交際の悩みなら「おまえもそういう年齢になったか―」ですむのだが、晴輝の場合、多分「女の子側」をやっていると認識してしまっているので、やけに生々しく思えて気持ちが複雑なのだ。

無論、昔からいずれそういう立場になるとわかってはいたが、複雑だ。

しかし、晴輝はなんらかの答えがもらえるまで一切引かぬ、という構えを見せているので、答えざるを得ない。

こういう時の晴輝は頑固なのだ。

「んー…あくまでも一般的な男子の場合な？　慶月様がっていうんじゃないからな？」

そう前置きをしてから、裕樹は言った。

「思ったほどよくなかったとか、まあ一回で満足しちゃえるレベルだったとか、地雷女だったとか？」

「思ったほどよくない……」

茫然とした様子で呟いた晴輝に、

「いや、だから！　一般的な意見！　ああ、ほら、おまえ初めての後、二日くらい熱出ただろ？　慶月様はそのことがあるから、遠慮っていうか？　おまえの体を気遣ってんだと思うぜ？」

裕樹は慌てて付け足す。

「もう、体は平気なのに」

「けど、熱が下がったからって、じゃあすぐにってわけにもいかないんだろ？　慶月様の優しさ的な感じ？」

頼むからそろそろ納得してくれ、と思いつつ裕樹は続けた。

それに晴輝はようやく頷く。

「そういうこともあんのかな……」

まだ半信半疑という様子だが、話を蒸し返そうとはしなかった。だが、

「でも、仕事は何かちょうだい。パソコンでできる作業なら、これからも手伝えるし」

そう言ってきた。

「あー、じゃあ紙ベースの情報のデジタル化やってもらおうかな」

木藤の事業によってはデジタル化が進んでいるところもあるのだが、規模が小さな——とはいえ収益は上げている——ところは、紙ベースでも回ってしまうところがあるので手つかずだ。

だが今後を思うと、今のうちにどちらでも対応できるようにしておいた方がいいのだ。

しかしそれをできる人員を割くとなると、それはそれで難しい。

「バイト代はちゃんと出すから」

「マジで？　ありがたい！」

「あと、動画編集できるんだよな？　事業紹介動画的なの作れる？　ホームページとかで公開するやつ」

「プロっぽい感じのってなると無理だけど、素材さえ揃ってればできるよ」

「わかった。じゃあそれもそのうち頼むと思う。デジタル化の方は明日、書類持って帰るから……。あ、今日は俺の名刺整理してくれる？」

裕樹はそう言うと机の中から束になった名刺を取り出した。

三百枚近くあるだろうか。

「もうこんなに名刺交換したの？　まだ三月なのに？」

裕樹は大学を卒業はしているが、まだ入社はしていない。

四月一日付で入社で、今はまだ自由の身なのだ。

しかし、木藤の跡取り息子として、各種の催しに顔を出し、絶賛売り出し中なのだ。

「あと、大学の時に知り合った人のもある。一回、大学の時にちまちまリスト作ってたこともあるんだけど、データが吹っ飛んで心が折れて放置してた」

「あー、わかる。俺も編集した動画の保存に失敗して泣いたことある」

泣いたことある、と言いつつも笑顔で、その笑顔に裕樹はほっとする。

晴輝はやっぱり笑っている方がいい。

その後、どういう形でリストにしておくかなどを聞いて、晴輝は奥屋敷に戻ってきた。

裕樹は名刺の整理も、書類のデジタル化も、急ぎの仕事ではないのであくまでも慶月のことを最優先で、それでも時間が余ったら、と念を押してきた。

だが、慶月のことを最優先と言われても本当にすることはないのだ。

「慶月、俺に何かしてほしいことある?」

そう聞いても、

「今はないな」

毎回そう返される。

「じゃあ、ヒロくんのお仕事手伝ってきていい?　パソコンのある部屋にいるから」

「ああ」

「用があったら、携帯鳴らして」

「庭向かいの部屋にいるのに携帯を使うほどではないだろう」

慶月はそう言って笑う。

「いや、でも面倒かなって。面倒じゃなかったら、会いに来てよ」

そう言って晴輝はパソコンのある部屋へと移動した。

晴輝は慶月が手を出してこないことは極力気にしないことにした。

それを気にしさえしなければ、慶月は昔通りの優しい慶月なのだ。

——元気にしてたら、大丈夫ってわかって、そのうちまたってこともあるかもだし。

できるだけポジティブに捉えることにした。

そして、裕樹が振ってくれる仕事をこなす。

四月に入り、裕樹が正式に木藤の社員となると、あれこれ気になる個所があるらしくくちょこちょこと仕事を振ってくれた。

作業としては簡単なものが多いのだが、晴輝としてはいいこづかい稼ぎになるし、出来高制なので裕樹としても助かるらしい。

仕事をしつつ、息抜きにバイト時代の先輩が新たに公開した旅先の動画を見たりする。

真っ青な空と湖が溶け合ったような風景だった。

——綺麗なとこ……。

「美しい場所だな」

不意に後ろから声が聞こえ、振り向くと戸口に慶月が立っていた。

「うん、綺麗だよね。後で、プロジェクターに映して一緒に見る？　その方がもっと感動できると思うし、行った気持ちになれるよ」

晴輝の言葉に、

「行った気持ち、か。行った気持ちではなく、実際に行けばいい。その方がもっと感動できるだろう」

慶月はそんなことを言ってきた。

「行かないよ？」

慶月の側を離れない。ずっと奥屋敷で共に過ごす。それが贅であり、晴輝の望みだ。

「俺、贅なんだから」

そう言った晴輝に返ってきたのは、

「『贅』を降りてもいい」

思ってもいない言葉だった。

「……な、んで……？　慶月、それ、どういう意味？」

問う声が震える。

それに慶月が答えようとした時、晴輝の携帯電話が鳴った。

画面に表示されていた名前は裕樹だった。

鳴り続ける電話にどうしようか迷っていると、

「出ろ」

慶月が言い、晴輝は電話に出た。

「ヒロくん、何？」

『悪い、動画のことでちょっと相談あって、母屋へ来てもらっていいか？』

「いいけど、もう帰ってきてんの？」

まだおやつ前の時刻で仕事が終わるには早い。

『今日、土曜だぞ？』

少し呆れたように言われた。

外に出ないせいで、曜日感覚がすっかりおかしいらしい。

「今すぐの方がいい？」

『慶月様の用事してんなら後でいい』

裕樹はそう言ったが、

「行ってやれ」

慶月は短く言うと、部屋を出ていってしまう。

「すぐ行くから、待ってて」

裕樹にそう言うと晴輝はすぐ電話を切り、慶月を追って回廊に出る。

少し先を歩く慶月の背中は、追ってくるなというように見えて、その背中に晴輝は半ば叫ぶようにして言った。

「戻ってきてから、ちゃんと話して！　すぐ戻るから！」

振り返りもしないまま、慶月は庭向こうへと姿を消す。

それにどうしようもない焦燥《しょうそう》感を覚えながら、晴輝は母屋に向かった。

裕樹の用件は三十分ほどで終わったが、

「慶月様となんかモメてた？」

裕樹の部屋を出る前、そう聞かれた。

「モメたっていうか」

「さっき電話で、おまえなんかおかしかったし、あからさまにヘコんだ顔してるし、モメたの確信してんだけど」

そこまで言われると、言わないわけにいかないというか、晴輝も聞いてほしかった。

「おじさんとか、おばあちゃんとかには、絶対内緒な？」

「わかってる」

「慶月に『贄』を降りてもいいって言われた」

晴輝の言葉に、さすがの裕樹の顔からも表情が消えた。

「え？　なんでそんな話になったんだよ？」

「わかんない」

「夜の問題ってそこまでこじれてたのかよ」

「わかんないよ。俺からは、あえて触れたりしないで、慶月待ちだったし」

慶月に考えがあるなら、それが纏まったら、そういうことになったりもするだろうと思っていたのだ。

それで、普通に過ごしていた。

そのあげくが「『贄』を降りてもいい」発言だった。

「慶月がそんなこと考えてるなんて思ってもなかった」

言ってから、晴輝はふと思う。

いや、本当に思ってもいなかっただろうか？

もしかしたらと思ったことがないわけじゃない。

でも、それは本当に可能性としてなくはないというだけのレベルで、いや、そういうレベルだと思いたかっただけだ。

「俺、やっぱ、贅失格なのかなぁ……」

泣き出しそうな顔をして晴輝は言う。

晴輝は今も昔も、慶月が大好きなのだ。

呆れるくらいにずっとだ。

「そんなことないだろ。……俺、間の悪いとこに電話したな」

「ううん」

晴輝は頭を横に振る。

「じゃあ、編集し直したら、またデータ送る。……明日の夜には、多分、できると思うから」

「急がなくていい。とりあえず、慶月様とちゃんと話し合えよ？」

そう言うと頷いて部屋を出ていく。

だが、どうしようもなく心配で、裕樹は奥屋敷と繋がる引き戸のところまで晴輝を送っていくことにした。

が。

「……開かない」

奥屋敷へと繋がる引き戸は、固く閉ざされ開かなくなっていた。

「え？」

何か引っかかっているだけかもしれないと、裕樹も一緒になって引き戸を開けようとしたが、ガタガタと鳴るだけで動こうとしなかった。

「閉め出された……」

晴輝は呟く。

『戻ってきてからちゃんと話して！』

そう言ったのに。

もう帰ってこなくていいという意味なのだろうか？

晴輝の肩が小さく震える。

それに裕樹が声をかけようとした瞬間、晴輝はジーンズの後ろポケットに入れていた携帯電話を取り出した。

「あの野郎……っ！」

悪態をついたかと思うと、電話をかける。

液晶にちらりと見えた名前は「慶月」だった。

延々と呼び出し音が鳴り、『留守番電話サービスに……』のガイダンスに切り替わった瞬間、晴輝はすぐ電話を切り、また呼び出す。

——うわー、鬼に鬼電してる……。

ブチキレた様子の晴輝を裕樹は半目で見つめた。

十分ほど鬼電を繰り返した晴輝は、最終的に、留守電にメッセージを残した。

「閉め出すとか超卑怯！　とにかく話して！　そっちへ帰るから！」

怒りに任せた様子でメッセージを残した後、盛大なため息をつくと、

「……ヒロくん、しばらく母屋にいさせて」

嫌とか言わせないぞという威嚇を込めて言ってくる。

「おう……風呂も入っていけ。パジャマと下着、洗濯し終わったのあるだろうし」

裕樹の言葉に頷くと、晴輝はずんずんと廊下を戻っていく。

行先は、間違いなく、裕樹の部屋だった。


晴輝と慶月がケンカしたらしいというのは、木藤にはすぐ知られた。

夕食の膳を運んでいこうとしたところ、引き戸が閉ざされたままだったし、晴輝が母屋にいることからも簡単にばれた。

木藤からどういうことかと聞かれ、晴輝が答えようとするより早く、

「そんな心配することじゃないって。晴輝のいたずらが過ぎて、慶月様がしばらく頭冷やせ的に閉め出しただけ。押し入れに閉じ込めて反省させるのと同じレベルだって」

深刻にならないように裕樹が説明した。

もともと晴輝の自由度が高いのは木藤も承知なので、そんなこともあるかと納得した様子だった。

「あまり、慶月様を困らせるな」

「……はい」

裕樹が助けてくれた手前、晴輝は大人しく返事をする。

晴輝は母屋で久しぶりに裕樹たちと一緒に食事をし、風呂に入れてもらった。

風呂に一人ゆっくりつかりながら、晴輝は慶月が「『贄』を降りてもいい」と言い出した理由を考えた。

贄としての役目がちゃんと果たせていなかった頃ならまだしも、今はほぼ二十四時間慶月の側にいられるのだ。

その状況になって「降りてもいい」などと言い出したということは、原因は「ちゃんとした贄」になって以降に起きたことであるはずだ。

そして、晴輝には、心当たりがある。

というか、それしかない。

った。

パジャマに着替えて、裕樹の部屋に戻り、髪を乾かし終えてから再び携帯電話を手に取った。

とりあえず、見当をつけた晴輝はのぼせる前に風呂から上がった。

「やっぱあれだよな……」

そして慶月を呼び出す。

その晴輝の姿をベッドに腰を下ろした裕樹が見守っていた。

電話は一度留守番電話になってしまったが、もう一度かけ直す。

そして留守番電話に切り変わる直前くらいのタイミングで、呼び出し音が止まり、慶月が出たのがわかった。

「慶月！　なぁ、俺のこと、床下手だったから嫌になったの？」

やっと慶月が出た！　と思った瞬間、晴輝の口から出たのはそれだった。

それを聞いていた裕樹がベッドの上で爆笑する。

「ちょ、おま……いきなり……」

ひゃっひゃっひゃっひゃと笑う裕樹の声をＢＧＭに、

「慶月、なんとか言ってよ！」

晴輝は返事を迫る。

『……違う』

長いための後、短く返事がある。

「じゃあ何？　だってそれしかないじゃん！　散々待たせたあげくマグロで、しかも熱まで出したから面倒になったんだろ？」

裕樹に相談した後、晴輝は慶月にそのことを匂わせないようにはしていたが、自分なりにいろいろ調べたのだ。

セックスレス　理由　初エッチ。

そんなキーワードを打ち込んで。

その中にあったのは「処女、めんどくさい」だの「マグロすぎて萎えた」といった、晴輝の心をめった刺しにするような、男子の本音だった。

だからこそ確信したのだ。

手を出してこない理由も、贄を降りてもいいと言い出した理由も、すべてそこに起因しているのだと。

図星だったのか、電話の向こうで慶月は無言だ。

それに対し裕樹はベッドの上で死にかけのゴキブリのようにパタパタしながら笑っている。

晴輝はさらに言い募った。

「だってしょうがないじゃん！　初めてだったんだし、俺と慶月の体格差、考えてよ！」

結局晴輝の身長は百七十センチ前で止まり、健康ではあるものの、小柄だ。

それに対し、慶月は百九十前後ある長身だし、脱いでもすごい、しっかりとした大人の男の体だ。

そんな慶月に抱きつぶされるのは必然だったと思う。

『…戸を開けておく。落ち着いたら戻れ』

慶月はそれだけ言うと電話を切ってしまった。

そう言われた晴輝が落ち着くまで待つわけがなかった。

ベッドの上で伏せて蹲《うずくま》り、笑いすぎてもはや声すら出せず、バイブ機能状態になっている裕樹に、

「奥屋敷に帰る。ヒロくん、おやすみ！」

そう言い置いて、晴輝は奥屋敷へと向かった。

◇◆◇

電話を終えてすぐだったというのに、奥屋敷への引き戸は開けられていた。

そして慶月がいるだろう寝室へと向かった。

慶月は自分の布団だけ、敷いていた。

晴輝をここに戻すつもりはなかったのだろう。

それが今夜だけか、それともあのままずっとかはわからないが。

布団の上に座している慶月の前に、晴輝は仁王立ちになると、

「慶月！　ああいうのは慣れだから！　回数重ねたら慣れて、熱も出さないようになると思うし、経験積んだら俺だってマグロ脱出するから！」

駆け込んできた勢いそのままに言った。

その晴輝に、慶月は一つ息を吐くと、

「とりあえず、落ち着け」

静かな声で言い、座るように手で促す。

晴輝はもどかしそうな顔をしながら、それでもとりあえず慶月の前の畳に腰を下ろした。

「『贄』を降りてもいいと言った理由は、おまえが言うようなことじゃない」

慶月は言ったが、

「でも、それ以外に心当たりなんかない」

晴輝はきっぱり言い切る。

そんな晴輝に慶月は小さく息を吐いた。

「……おまえは、外の世界で生きていった方がいい。俺とこの奥屋敷で暮らすより、その方がおまえは何倍も生き生きとしていられるはずだ」

　これまでの贄は、みな、慶月を見ておびえた。

　見慣れ、不当に傷つけるようなことはされないと理解をするまでの過程にはそれぞれ個人差はあったが、その後はどの贄もみな、すべてのことを諦めたような様子で生きていた。

　長く外の世界と行き来をしていた晴輝は、今はまだここに居続けるということに苦痛を感じてはいないが、やがて彼らと同じようになるだろう。

　閉鎖された世界で、ただ時を過ごすだけの生き方をする中で、晴輝の快活さや明るさが失われていく様を見たくはなかった。

　晴輝が撮ってきたいくつもの動画や写真。

　バイトをしていた時の知り合いが見てきたという外《と》つ国の光景。

　晴輝が生きていくべき世界はそこで、これから見ることのできる世界は星よりも多いのだと改めて思った。

　それを、奪いたくはなかった。

　だが、

「俺は『贄』に選ばれた時、ここで慶月と一緒に生きていくんだって言われて、嬉しかったよ。こんな格好いい人とずっと一緒なんだって思ってすごく嬉しくて、ずっと一緒にいられるって思って育ってきた。だから、俺にとっては慶月と一緒にいることは、息するくらい当然のことなんだけど」

晴輝は子供の時のように唇を尖らせて駄々っ子のような顔をして言った。

「晴輝」

「旅行に行ってめちゃくちゃ動画を撮ったのだって、ハロウィンで外に出た時のこと慶月が楽しかったって言ってて……、でも、もう慶月は外に出ないって決めてるみたいだったから、じゃあどうしたらここでも慶月が外のことを体験っていうか、外にいるみたいな気持ちになれるかなって思ったからだし、それに何より慶月と一緒にどうやったら楽しめるかなって考えたからなのに。今になって『贄』を降りろとか言うのやめて！　好きなのに！」

ぶちギレた様子で晴輝は一気に言い募った。

その晴輝の言葉に慶月は茫然とした顔をした後、

「……好きなのか？」

呟くように聞いた。

その問いに驚いたのは晴輝だ。

「え？　今さらそこなの？」

なんとも言えない微妙な沈黙の後、

「俺、ちっちゃい時から大好きって言ってたじゃん！」

晴輝は半ばケンカ腰で言う。

「子供の時だろう。……贄に選ばれた者は、俺の側にいるよう教育される。おまえが贄の役目を教えられたのは、中学生の時だったな」

「そうだけど……」

「その年齢なら、俺への感情が子供の言う『好き』か違うかは区別がついてくる。その前に木藤が贄の役目を教えながら、俺への感情をすり替えて、そう思わせるように仕向けているのかと思っていた」

自分の気持ちによくも悪くも真っすぐな晴輝が、思春期に慶月への「好き」という感情が親愛でしかないと気づく前に、それは「恋愛」の意味での「好き」だと刷り込んでいるのではないかと思っていたのだ。

どうせ、ここで贄として一生を終えるなら、たとえ勘違いであっても好きな相手と一緒だと思わせた方が幸せだ、と。

やたらと房事にこだわるのも、贄の役目として刷り込まれているのと、せっつかれているからではないかと思っていたのだ。

「そりゃ、子供の頃の好きっていうのは、もっと無邪気っていうか、あれだったけどさ……でもずっと慶月のことは特別だったよ。その特別が恋愛って意味で好きだってわかったのは、贄っていうのが慶月とそういうことをするってわかった時っていうか……慶月とそういうことするんだって思って嫌じゃなくて、恥ずかしいっていうのはあったけど、贄ってだから慶月と一緒にいられるんだって思ったたっていうか」

晴輝はグダグダになりながら言った後、

「っていうか、好きにならないわけなくない？　我儘言っても許してくれて、ベッタベタに甘やかして、大事にしてくれて、しかもイケメンでさ！　それを確かめもしないでなんで勝手に『贄』を降りろとか言うの？　ホント信じらんないし！　俺、本気で中学の時、高校行かないでこのまんま慶月とここで過ごせるって思ってたのに、高校行けとか言うし！　高校行ったら今度は大学行けとか言い出すし！　全然手を出してこないし、この前だって俺が押し売りして抱かせたみたいだし！　その後また放置プレイだし！　俺の方が、育ちすぎて興味が失せてんのに無理矢理抱かせたんじゃないかとか、処女メンドイって思ったんじゃないかとか、マグロウゼェって思ったんじゃないかとか超悩んでたんだから！」

一気に勢いでそこまで続けて、肩で息をする。

そんな晴輝の様子に、ああ、やっぱりこの子はこうなのだ、と慶月は実感する。

閉じられた空間で萎《しお》れていく花ではなく、そこで新たな栄養を得て別の花を咲かせることのできる特別な花なのだ。

「……悪かった」

「じゃあ聞くけど、慶月は、俺のこと好きなの？」

「ああ」

「いつから？」

「初めて会った時、おまえが俺の角をすごい、と、そう言った時からだろう」

――あのおにいさん、つのがある！　すごい！　――。

あの時は、自覚していなかった。

贄に選んだのは、晴輝が強そうな生命力を持っていたからだ。

長持ちする贄の方が、木藤たちの負担は少なくなる。

だが、初めて間近で接した晴輝は、キラキラした目で慶月を見ていた。

その時に、きっと一目惚れをしていたのだ。

「なーんだ。じゃあ最初から、両思いじゃん。めっちゃくちゃ遠回りした気分」

そんな風に言う晴輝は相変わらず可愛くて、同時に食べてしまいたいと思う。

「晴輝……改めて言う。俺の贄になってくれるか」

真っすぐに晴輝を見て、慶月は言った。

それに晴輝は頷いた。

「うん。喜んで」

ぬちゅ、クチュ、と狭い場所をかき回すような水音と共に、じゅるっ、ちゅぷっと吸い上げるような音が響く。

「ぁっ、ぁッ、あっ……あ、あっい、く、中、――――ッ！　っ、っ、っ」

慶月の口に自身を深く咥《くわ》えられて、後ろを三本の指でグズグズになるほどかき混ぜられて、晴輝は後ろでも前でも、もう何度目かわからない絶頂を迎えさせられていた。

「だ…め…ぁっぁっ、また、ぃ…！　ぃや、ぁっ、あ、あ、…っ、ん……ぃ…ッ！」

トロトロになった蕾は、指で強くかき混ぜられるだけでイくことを覚えさせられて、際限なく中イキを繰り返す。

そのたびに慶月の口に捕らわれた晴輝自身はビクビクと震えているが、もう放つ蜜もない。それなのに、もう片方の手で根元の果実を揉み込まれて、空っぽな絶頂に襲われる。

「いって……、いって、る…、とまんな、……あ、ぁっ！」

イっても、イっても終わらなくて、果てがない。

果てのなさが怖くて泣いても、慶月の愛撫《あいぶ》がやむことはなかった。

「も、うしろ……ゃだ…、いい…っ…から……」

けいげつの、して。

濡れ切った声で甘えてねだる。

それに慶月はゆっくりと晴輝自身を口から離して顔を上げ、怖いくらいに美しく微笑みかける。

「まだだ……もっと慣らさないと、おまえはまた熱を出す」

そう言って、体の中の弱い場所を抉るようにして指を回す。

「いく、いく……っ、あぁぁぁ…ッ、ッ、んッ、ンンーーッ！」

かくっかくかくっと体を震わせて、晴輝はまた中だけで達してしまう。

もうどこを触られてもイってしまうんじゃないかと思うくらいに蕩けさせられて、それなのに慶月は慣らすのをやめようとしない。

再び顔を晴輝自身に近づけると、先端に甘く歯を立てた。

「やぁぁぁっ、あ、あ！」

牙を、蜜穴に少し食い込まされて、痛みと同時に走った悦楽に叫ぶ。

そのまま裏筋を舌先で辿るようにして下ろされて、辿り着いた根元の果実に甘く吸いつかれる。

「出な……ッ、から…もう、むり、ぁ、あっあっ」

ひくっと体に力が入ると、後ろに受け入れたままの慶月の指を締めつけてしまい、その刺激だけでまた簡単に達してしまう。

「……けぃ…げつ……、おねがい……ぁ、う…んっ……ぃっ…く、ぃ、ぁ、ぁっ」

蕩け切った肉襞をもう一度奥まで指で穿《うが》ってから、慶月はずるりと引き抜く。

尻の薄い肉をビクビクと痙攣させてまた達した晴輝の蕾は、すぐには閉じ切れずいやらしくひくついた。

「ん、ん…っ、ぁ、あ……」

どれくらいぶりかの解放に晴輝は小さく息をつく。

慶月はそんな晴輝の腰をしっかりと抱えて、ひくつく蕾に自身の先端をあてがった。

嫌というほど絶頂を与えられた直後だというのに、肉塊の先端を少し押し込められただけで、飲み込みたそうに吸いついた。

「ぁ…あっあ」

ず…、と先端が入り込んでくる。そしてそのまま、ずぶぶぶっと奥まで貫かれた。

「ひ、ぁ、――…！　アッ、あっ、っ、――んぅっ、ぁ…っ……あっ……」

怖いくらい熱くて大きなそれが体の中を満たす。

その感触だけで、後ろでの悦楽を覚え込まされた体は連続した絶頂を迎えて止まらなくなる。

「やぁっ、あ、あ、ああっ」

膝裏に手を押し当てられて、そのまま天井を向くくらいに体を折り曲げられて、上から叩きつけるようにして腰を突き入れられる。

じゅぼじゅぼっと淫らとしか言えない音を立てて繰り返される抽挿に、意識が飛びそうになる。

「あぁ…っ、あっ、ぁ……、っ！　…っ、……！」

頭の中が真っ白で、声すら出せなくなる。

イったままの後ろは擦られるたびに狂ったように喜んで、晴輝自身は芯を持ってはいるもののもうちゃんと勃起することもできずぷらぷら揺れて、微かに先端に蜜を滲《にじ》ませる。

何を思ったか、慶月は不意にその晴輝自身に手を伸ばすと、裏筋を指で揉み込んできた。

「あっあぁっ、ひ、――ィっあっ」

蜜穴がパクパクと震えて、望まない絶頂に襲われる。

それと同時に体の奥深くで精が放たれた。

「っ…ぁ、あ……、あ」

太い慶月のそれだけでいっぱいいっぱいの後腔は放たれた蜜を飲み込み切れずあふれさせる。それが晴輝自身を伝い落ちてくる感触にさえ、どうしようもなく感じてしまう。

「……っ…ぁ」

ゆっくりと足を下ろされて、少し楽な体勢に戻される。

「……ぃ、げつ…」

まともな音にならない声で名前を呼べば、繋がったまま、慶月は晴輝を見つめる。

「少し、意地悪をした……悪い」

散々じらしてから貫いたことか、それとも苦しいくらいの姿勢で抱いたことかはわからないが、慶月は謝ってくる。

その慶月に、力の入らない手を懸命に伸ばす。

慶月は晴輝の手を掴み取った。

「けい……げつ、ぉねがい…、…とり、し…くな…」

懸命に言葉を紡《つむ》ごうとするけれど、声がかすれて、ちゃんとした音にならない。

「晴輝？」

問い返す声に、晴輝はゆっくり、何度も言葉を途切れさせながら言った。

「……けぃげつが、しぬ、まで……ずっと、一緒に、ぃさせて……、けいげつ……、一人にしたくない……俺の、こと、さぃごの、にぇに、して…」

晴輝の言葉に慶月は目を見開いた。

「それが、おまえの贄としての『願い』か？」

問う慶月の声が震える。それに晴輝は、笑った。

「……おまえは…」

何か言おうとして慶月は言葉を止める。そしていくらか間を置いた後、

「おまえの願いは、決して違《たが》えぬ。俺の終わりの時まで、一緒だ」

そう言って、誓うように晴輝の額に唇を押し当てる。

優しい口づけに晴輝は意識を飛ばしかけて、

「っ…あ」

体の奥深くに留まったままの慶月が、そのさらに奥をこじ開けるようにして進もうとしてくるのを感じて声を上げる。

「ぁ、あっ、何、あ、無理、そんなとこ、無理」

「おまえが、可愛すぎることを言うのが悪い」

我慢ができるわけないだろう、となぜか晴輝のせいにされて、蹂躙され切った内壁のさらに奥、わずかに開きかけた奥へと入り込もうとする。

「何、ダメ、それダメ」

何が起きようとしているのかわからない。

でも、ダメな予感がする。

おびえる晴輝の中を慶月はゆるくかき混ぜるようにして腰を回しながら、じわじわと最《さい》奥《おう》へと入り込む。

「い……ぁ、あ……奥…っ…らかなぃで……」

嗄《か》れた声で哀願した瞬間、一番奥をこじ開けた慶月が先端を沈ませた。

「あああぁっ」

頭の中が何度も真っ白になって弾ける。

「ああ、可愛いな。可愛くて何より愛しい、俺の贄」

うっとりと囁きながら、ゆるやかに腰を揺らされる。

さっきの激しい動きからすれば、本当に穏やかすぎるくらいなのに、体の一番奥からは爆発するような快感が沸き起こって、体中の神経が悶えたようになる。

「あ、あっ！　あーっ、あアぁ、あっ！」

めちゃくちゃに叫んでいるはずなのに、音が聞こえない。

「ぉく、……つめ、ぁあっ、あ、ゃめ……死…んじゃ……」

唇をわななかせた晴輝の奥深から慶月は先端を引き抜く。

そして、もう一度こじ開けるようにして押し入り、そこに再び熱を放った。

「……！　～～～～っ！」

体の奥深くに浸透していく熱の感触を覚えながら、晴輝は声もなく最後の絶頂を迎えて、そのまま完全に意識を飛ばした。

8

「おーおー、ぐっすりだな……」

翌朝、奥屋敷に来た裕樹は、布団の中でぐっすり眠っている晴輝の寝顔を見て小声で呟く。

「もともと、朝はなかなか起きぬからな」

慶月はそう返すが、昨夜、裕樹はいわくありげな表情で笑う。

「それもあるけど、昨夜、めっちゃ疲れさせるようなことしたでしょう？　慶月様」

それに慶月はただ口元で笑っただけだ。

「こんなくらいじゃ、やっぱ動じないですね、慶月様は。慶月様をうろたえさせられるのはやっぱ晴輝だけか……」

「晴輝は、何をしでかすかわからないからな」

「そうですね。俺は昨夜、おかげ様で笑いすぎて今日は腹筋がつらいです」

まさかいきなり「床下手だから嫌いになったの？」なんて言い出すと思わなかった。

そうしたら、その後はもっとひどかった。

あれを、慶月はこの部屋でどんな顔をして聞いていたのかなと思う。

そう思うと、また笑いが込み上げてきたが、それを噛み殺して裕樹は正座をし直した。

「慶月様、俺は、結婚するつもりはありません」

突然そう言った。

「木藤は俺の代で終わりにします。だから慶月様との約定も、俺の死をもって終わりになります。……その時が来たら、慶月様は晴輝を連れて、慶月様が本来いるべき場所に戻ってください」

「わかった」

「贄は、晴輝で最後です」

「ああ。晴輝もそれを望んだ。俺が死ぬまで、側にいると。それが晴輝の『贄』としての望みだ」

静かな声だったが、慶月の声は喜びに満ちていた。

「今まで、木藤の家をずっと守ってくれてありがとうございます」

裕樹はそう言うと深く頭を下げた。そしていくばくかしてから頭を上げると、

「俺が死ぬまで、あと七十年ほどありますけど、それまでよろしくお願いします」

そう言って晴れやかな笑顔を見せる。

裕樹の言葉に慶月は、

「おまえの魂も神域に連れていくことはできるぞ」

と提案してきたが、

「なんでラブラブにもほどがある二人のところにお邪魔しなきゃなんないんですか？　それ一体なんの苦行です？」

わざと顔を顰《しか》めつつ笑って、イテテと腹筋を押さえる。

その声に反応したのか、寝ていた晴輝は、

「……ゆ、くぃーむ…とんかつ」

なんの夢を見ているのかそう言うと満足そうにニヘッと笑う。

「……色気のある寝言ですね…」

晴輝らしいとは思うが、もうちょっと何かあるだろうと思う裕樹に、

「この前はヤンバルクイナ、と言っていた」

慶月は冷静に返してきて、その意外すぎる答えにまた裕樹はうっかり笑ってしまって腹筋を押さえるのだった。

おわり

あとがき

　こんにちは。今年の手帳は一月途中からいきなりやる気をなくし、ちょろっと書いた二月、ちょっと復活した三月、再びうろうろし出した四月をへてほぼ真っ白な五月から九月半ばという惨憺たる結果だというのに、来年の手帳をすでに調達した松幸です……って長い！　前作でも手帳の話をあとがきでしてたんですけど、今回も手帳の話で始まるっていう。どれだけ手帳に憧れてるんだ、私……。

　強く手帳に憧れる私ですが、今回出てくる晴輝は多分、手帳とか絶対書かないタイプです。本能の赴くまま暴走しているタイプです。頭はいい子のはずなんだけど、永遠の小学生みたいなところがあるのです……。その暴走加減を愛でている慶月も絶対手帳とか書かない。鬼だし。でも、晴輝の成長過程をアルバムに収めて何度も見返して楽しんでる親馬鹿かつ恋人。書いていて「あれ……鬼ってこんなんでいいんだっけ？」とかちょっと思いました。普通、鬼が登場するお話ってもうちょっと切ない系だったりとかするんじゃ……？　と思うのですが、たまにはほのぼのした鬼のお話も、箸休め的にいかがでしょうか、と無理矢理なんとか納めようとする私がここにいます。切ない系の鬼の話を求めて、この本を手にとって下さった方には本当にすみません。
　そんな今作のイラストは北沢きょう先生です！　北沢先生とは有り難いことに何度かお仕事をさせていただいているのですが、毎回、誤字脱字の嵐が舞う原稿をお渡しすることになってしまい……アホの子のまま、成長がなくて本当にすみません、と謝りつつ格好いい慶月と可愛い晴輝にウキウキです。いつも本当にありがとうございます！

　なかなか、気軽にお出かけしたり、おしゃべりしたりということが、以前のようにはいかない状況ですが、晴輝たちが少しでも皆様の気分転換のお手伝いをできたら幸いです。
　これからもユルユル頑張ります（いや、もっと頑張れよ！　という突っ込みが猛烈に聞こえてきそうですが）。

二〇二一年　揺らぐ季節感に戸惑う九月末　　松幸かほ

松幸かほ先生、北沢きょう先生へのお便り、
本作品に関するご意見、ご感想などは
〒101-8405
東京都千代田区神田三崎町2-18-11
二見書房　シャレード文庫
「鬼神様は過保護～恋する生贄花嫁～」係まで。

本作品は書き下ろしです

CHARADE BUNKO

鬼神様《おにがみさま》は過保護《かほご》～恋《こい》する生贄花嫁《いけにえはなよめ》～

2021年11月20日　初版発行

【著者】松幸《まつゆき》かほ

【発行所】株式会社二見書房
東京都千代田区神田三崎町2-18-11
電話　03(3515)2311［営業］
　　　03(3515)2314［編集］
振替　00170-4-2639
【印刷】株式会社 堀内印刷所
【製本】株式会社 村上製本所

落丁・乱丁本はお取り替えいたします。
定価は、カバーに表示してあります。

ISBN978-4-576-21169-5

https://charade.futami.co.jp/